MAURICE THIÉRY

LES MIETTES DE L'HISTOIRE

ANECDOTES HISTORIQUES

2 Fr.

Dmitrow

FRANCE-EDITION
19. RUE GAZAN, PARIS. (XIVe)

A LA MÊME LIBRAIRIE

ROMANS

Le Baiser sur les Cendres, p J. de KERLECQ (10e mille) 6 50
Le Secret de la Forêt, par Jean de KERLECQ.......... 6 50
Le Roman des Volets clos, par Pol PRILLE (10e mille) 6 50
Les Dieux de carton, par Pol PRILLE............... 6 50
La Dame aux six Voluptés, p. H. FLEISCHMANN (10e mil.) 6 50
Cyrano de Bergerac, par Lucien PEMJEAN (15e mille).. 7 50
Sur le Chemin de l'Amour, M. BRIQUET et G. PIERRE 7 »
La Résurrection du Dr Valbel, par L. DESLINIÈRES.. 6 50
Le Maquis sentimental, par Jules HOCHE............ 6 50
L'Etrange Imposture, par Jules HOCHE.............. 6 50
Eliane et les Destins, par Julien MAUVRAC.......... 6 50
Héliodora en Atlantide, par Georges SPITZMULLER.. 6 50
Les Bonheurs fragiles, par Claude FRÉMY........... 6 50
La Rinette, et *les Refrains d'cheux nous*, par Paul BRU 7 »
Stérile (avec préface d'E. Brieux), par Paul BRU.... 7 »
La Mare Stagnante, par H.-J. MAGOG............... 6 50
L'Illustre Médard, par Henri RAINALDY............. 6 50
Le Berceau Vide, par Jean BOUVIER................ 6 50
L'Orient Rouge, par Jean DE KERLECQ.............. 7 »
Le Visage sous le Masque, par E.-G. GLUCK........ 7 »
Trente ans d'humour, par Rodolphe BRINGER........ 4 »
Le Cornac et son Phénomène, par Charles FOLEY.... 4 »

PAGES A RELIRE

Manon Lescaut, par l'Abbé PRÉVOST................ 3 50
Contes Extraordinaires, d'Edgar POE 3 50
Lettres d'Amour de CYRANO DE BERGERAC.......... 3 50
Werther, de GŒTHE............................... 3 50

COLLECTION D'ART

(Volumes illustrés à 5 francs)

La Danse du Désir, p. J. PETITHUGUENIN, illust. de R. NOUAIL.
Parlons d'Amour, p. Henri FRICHET, illustrations de G. GINO
Eros, maître du Monde, p. René de BLUYSE, ill. de R. NOUAIL.
Le Roman d'un Polygame, p. René de BLUYSE, ill. de R. NOUAIL
La Déception amoureuse, par Lucie-Paul MARGUERITTE, illustrations de R. NOUAIL.

CURIOSITES LITTERAIRES

Chaque vol. : 2 fr. 50

Thémidore, ou *Mon Histoire et celle de ma Maîtresse*, p. G. d'AUCOURT
Les Confessions du comte de..., par Ch.-P. DUCLOS.
Atalide (Mémoires turcs), par GODARD D'AUCOURT.
Lettres de Mlle de Lespinasse, la fameuse amie de d'Alembert.
Le Diable Boiteux, par A.-R. LE SAGE.
Les Farces de Tabarin (Harangues, Dialogues, Chansons).
Lettres de Mirabeau à Sophie.
Ma Jeunesse ou Considérations sur les Mœurs, p. Ch.-P. DUCLOS.
Lettres d'Henri IV à ses Maîtresses.
Mémoires d'un Homme de qualité, par l'abbé PRÉVOST.
Le Page disgracié, par Tristan L'HERMITE.
Les Amants fortunés, par Marguerite d'ANGOULÊME.

Les volumes des CURIOSITÉS LITTÉRAIRES *sont préfacés par* HENRY FRICHET

MAURICE THIÉRY

RÉCITS HISTORIQUES

du Pays de France

Les Miettes de l'Histoire

FRANCE-ÉDITION
19, RUE GAZAN, 19
PARIS (XIVᵉ)

LES MIETTES DE L'HISTOIRE

I

TAMERLAN ET LA FOURMI PERSEVERANTE

Tamerlan, le célèbre conquérant tartare, qui a laissé un nom fameux dans l'histoire, n'arriva point à la domination de l'Asie sans soutenir de longues et terribles luttes.

Un jour, après de nombreux échecs successifs, vaincu par la fatigue, le corps endolori et l'âme découragée, il se réfugia dans une grange pour chercher dans le sommeil une diversion à ses pénibles réflexions et goûter un repos nécessaire. Mais, l'esprit agité par les périls présents et les préoccupations de l'avenir, c'est en vain qu'il essayait de dormir, le sommeil fuyait ses paupières pourtant lasses.

Entre deux ais mal joints de la toiture, un rayon de soleil y pénétrait. Tamerlan, s'il faut en croire une légende orientale, fut alors, grâce à ce jeu de lumière, témoin d'un spectacle qui exerça sur sa destinée la plus heureuse influence.

Sur un petit monticule coupé à ras à une certaine hauteur et formant un plan presque perpendiculaire, une fourmi s'efforçait de monter, les antennes chargées d'un grain d'avoine, pour ses forces pesant fardeau. Tant que le talus fut en pente douce, l'insecte put le gravir ; mais lorsqu'il arriva à l'endroit où il fallait monter à pic, la charge qu'il portait le fit reculer jusqu'au point de départ. Néanmoins, dans sa chute, la fourmi ne lâcha point son grain, qu'elle devait sans doute transporter aux magasins de la communauté.

Son échec ne la découragea nullement. Par le même chemin, elle remonta à nouveau la pente, mais parvenue au point difficile à franchir, elle roula une seconde fois sans toujours abandonner son fardeau : la même cause avait produit le même effet, mais les fourmis sont douées de la plus admirable persévérance. Sans se rebuter par cet insuccès, se raidissant dans un effort énergique, elle reprit son ascension : le résultat fut semblable aux précédentes tentatives.

Tamerlan suivait avec le plus vif intérêt le manège de l'insecte. Une telle ténacité le surprenait chez un être aussi frêle. Intrigué au plus haut point, il résolut de savoir si le courage de la fourmi surmonterait les difficultés qu'offrait l'obstacle à vaincre.

Sans se lasser, la fourmi, jusqu'à trente fois consécutives, reprit le même chemin : arrivée à l'endroit fatal, elle roulait, retombait pour remonter aussitôt.

L'ardent chef de guerre comptait en s'impatientant les voyages impuissants de la fourmi, sans que celle-ci, donnant à l'homme une leçon d'endurance et d'énergie, se lassât d'essayer de grimper vers le but qu'elle devait atteindre.

Quatre-vingt-cinq fois elle monta la pente escarpée, et quatre-vingt-cinq fois elle retomba au bas du monticule. Enfin, à une nouvelle tentative, soit qu'elle eût déployé une vigueur plus grande, soit que l'obstacle se fût aplani grâce à ses efforts répétés, la bestiole parvint au sommet désiré, et son succès mit un terme à ses peines et à ses essais si longtemps infructueux.

Tamerlan fut tout aise de l'opiniâtreté déployée par une simple fourmi. Les sages, pensa-t-il, ont raison : la patience aide merveilleusement le courage, et la persévérance récompense finalement ceux qui luttent en leur faisant surmonter les plus grands obstacles. »

L'observateur patient de la fourmi, non moins patiente, puisa dans le spectacle dont il venait d'être le témoin un enseignemnt qu'il mit à profit, dit la légende orientale.

Confiant dans ce présage, il demanda ses armes et monta à cheval pour courir sus à l'ennemi, qu'il battit victorieusement.

Par la suite, dans ses succès et surtout dans ses revers, il se plaisait à rappeler l'infatigable énergie de la fourmi persévérante, roulant sans jamais se rebuter un lourd fardeau.

Lorsqu'il eut conquis une partie de l'Asie, Tamerlan se remémorait la leçon donnée jadis par l'intrépide insecte.

C'est cet exemple, offert par une humble bestiole, que La Fontaine a résumé dans ce précepte que contient la fable du *Charretier embourbé :*

Aide-toi, le Ciel t'aidera.

II

DAVID

On trouve dans l'histoire des peuples de l'antiquité des récits qui peuvent être comparés à ceux de nos temps modernes par l'intérêt qu'ils offrent ou le pathétique qu'ils renferment.

Telle est par exemple l'histoire du jeune David, ce futur grand roi d'Israël, qui, n'étant encore qu'un simple berger, combattit et tua le géant Goliath.

La voici, telle que la Bible nous l'a transmise.

Le roi Saül, à la tête de l'armée israélite, luttait contre les Philistins.

Ces derniers se trouvaient campés sur une montagne, tandis que leurs adversaires occupaient une autre montagne située en face de la première, de sorte qu'une vallée seulement séparait les combattants.

Depuis plusieurs jours les deux armées s'observaient avant d'en venir aux mains. Chaque matin, un guerrier d'une taille prodigieuse et d'une force colossale, nommé Goliath, haut de plus de six coudées, soit 2 m. 70, sortait des rangs des Philistins et provoquait les soldats de Saül.

Il avait un casque d'airain sur la tête et était armé d'une cuirasse à écailles de même métal, pesant cinq mille sicles, soit environ cent cinquante livres ; il avait aussi des jambières et un bouclier d'airain. Le manche de sa lance était aussi gros que le rouleau autour duquel s'enroule la toile d'un tisserand, et le fer de cette lance pesait six cents sicles, soit près de vingt livres.

Ce jour-là, comme d'habitude, Goliath s'avança dans la vallée, entre les deux montagnes et s'écria d'une voix formidable, défiant les Israélites :

— Pourquoi se battre en bataille rangée ? Je suis Philistin, tandis que vous êtes serviteurs de Saül. Choisissez l'un d'entre vous, et qu'il descende vers moi ; s'il est le plus fort en combattant contre moi et qu'il me tue, les Philistins deviendront vos serviteurs ; mais si j'ai l'avantage sur lui et que je le tue, vous serez asservis à ma nation.

Ayant entendu les paroles du Philistin, aucun des soldats de Saül n'osa relever le défi de Goliath.

Or, il y avait en ce temps-là, à Bethléem, un homme nommé Isaïe qui avait huit fils, dont les trois aînés servaient dans l'armée d'Israël.

Un jour, Isaïe dit à David, son plus jeune fils, qui faisait paître ses brebis :

— Laisse ton troupeau en garde à un autre berger et va au camp savoir comment tes frères se portent ; tu reviendras ensuite me l'apprendre.

David s'en alla donc comme son père le lui avait commandé, et il arriva au camp près de ses frères au moment où le Philistin répétait ses paroles de provocation.

Le jeune berger voyant que nul n'osait répondre au guerrier philistin s'en étonna et s'écria :

— Se peut-il qu'un homme fasse trembler tout un peuple ?

Ces paroles ayant été rapportées à Saül, ce dernier fit venir David, qui dit au roi :

— Que personne ne craigne plus ce Philistin ; j'irai le trouver et je le combattrai.

Mais le roi lui répliqua :

— Tu ne saurais combattre ce redoutable guerrier, car tu n'es qu'un enfant.

David répondit :

— Comme je faisais paître les brebis de mon père, un ours et un lion vinrent qui emportèrent chacun une brebis du troupeau ; mais j'allai près d'eux et, comme ils me menaçaient, je les saisis par la mâchoire et les tuai. Ce Philistin sera pour moi comme l'ours et le lion.

Saül fit alors donner ses propres armes à David, puis il lui fit mettre un casque sur la tête et une cuirasse sur le corps et lui dit :

— Et maintenant, va combattre !

Mais David, qui n'avait jamais été armé de la sorte, ne put marcher. Jetant de côté la cuirasse, le casque et l'épée, il reprit son bâton, choisit dans le torrent cinq cailloux bien unis qu'il mit dans sa panetière de berger, et sortant sa fronde de sa poche, il s'approcha du soldat philistin.

Celui-ci, en voyant s'avancer ce jeune garçon à la chevelure blonde et au visage doux, lui cria :

— Suis-je donc un chien pour que tu viennes contre moi avec un bâton ?

Puis il ajouta :

— Approche, que je donne ta chair à manger aux corbeaux du ciel et aux bêtes féroces de la plaine.

David répliqua :

— Tu viens, toi, avec l'épée et la lance, mais je te combattrai et te tuerai avec mes armes.

Et comme le guerrier marchait à sa rencontre, David prit un caillou dans sa panetière, le plaça sur sa fronde et le lança. Le caillou alla frapper le Philistin au front et, aussitôt, il tomba le visage contre terre.

David, n'ayant point d'arme pour achever son adversaire, courut près de Goliath, lui prit son épée sortie hors du fourreau, et s'en servit pour lui trancher la tête.

L'armée ennemie, voyant que l'homme sur lequel elle comptait était mort, s'enfuit en désordre. Les Israélites la poursuivirent et firent un grand carnage de Philistins.

Tel est l'héroïque exploit du jeune berger de Bethléem qui, par la suite, lui valut de devenir roi d'Israël.

III

ALIBÉE

Un roi de Perse, se doutant que des flatteurs pouvaient le tromper, résolut un jour de s'éloigner quelque temps de sa cour et de parcourir les provinces de son royaume sans se faire connaître, curieux d'observer son peuple dans sa simplicité naturelle et de le voir agir et parler en liberté ; pour cette tournée incognito, il ne se fit accompagner que d'un courtisan sur la sincérité duquel il pouvait compter.

Ensemble, ils visitèrent plusieurs villages. Dans le premier où ils entrèrent, le monarque vit ses sujets danser, folâtrer et se livrer avec une joie naïve à mille distractions innocentes ; il fut charmé de rencontrer loin de sa cour des plaisirs si faciles et si aimables.

Un jour, qu'à la promenade, il avait gagné un grand appétit, il entra, pour dîner, dans une humble chaumière ; il trouva que la nourriture, grossière mais saine qu'on lui offrait, flattait plus agréablement son goût que tous les mets délicats dont on chargeait la table royale.

Traversant un autre jour une prairie, parsemée de fleurettes et qu'un petit ruisseau arrosait, il aperçut, à l'ombre d'un ormeau, un jeune berger jouant de la flûte, près de son troupeau qui paissait. Il l'interrogea et apprit qu'il s'appelait Alibée, que ses parents habitaient au hameau voisin.

Ce jeune homme avait une belle figure aux traits mâles et énergiques ; ses mouvements étaient pleins de vivacité, sans étourderie ni pétulance ; il ne se croyait supérieur ni en beauté ni en esprit aux autres bergers du canton ; sans aucune culture intellectuelle, il avait acquis des idées fort justes et très sensées et possédait des connaissances approfondies qui prouvaient une intelligence naturelle ainsi qu'un esprit porté à la réflexion et à l'observation.

Le roi s'entretint longuement avec lui et fut charmé par sa conversation ; il apprit de sa franchise bien des choses qui intéressaient l'état de son peuple et dont ne lui avaient jamais parlé ses courtisans. Il souriait parfois de la simplicité ingénue du jeune berger, qui disait librement sa pensée, sans ménagement aucun.

— Je vois bien, dit le monarque, en se tournant vers son confident, que la nature n'est pas moins belle et ne plaît pas moins dans les plus humbles conditions sociales que dans les sphères les plus élevées ; jamais prince ne me parut plus aimable que ce jeune berger conduisant un troupeau. Quel père ne serait heureux d'avoir un fils d'aussi avenante figure et doué d'une âme aussi sensible ? Je suis certain qu'une éducation savante perfectionnera singulièrement son esprit et développera mille talents qui me seront utiles.

En conséquence, le souverain persan emmena avec lui Alibée, résolu à le faire instruire dans toutes les sciences et dans tous les arts propres à orner son esprit.

Dès son arrivée à la cour, Alibée fut ébloui par son éclat. Tous les meubles si richement sculptés, les tapis, les tentures, toute la luxueuse décoration orientale frappèrent le jeune berger d'étonnement et le ravirent. Ce changemet de fortune si subit, si imprévu, produisit une grande impression sur son âme paysanne et son caractère fruste. Au lieu de sa houlette, de sa flûte et de ses habits de berger, il fut revêtu d'une robe de pourpre brodée d'or et ornée de diamants.

Bientôt ses idées s'étendirent et son esprit s'emplit de nombreuses connaissances ; il devint en peu de temps capable de s'occuper des affaires les plus sérieuses. Il mérita toute la confiance de son maître, qui l'affectionnait comme son élève et qui lui trouvait surtout un goût exquis pour tout ce qui avait un caractère artistique. Il lui confia une des charges les plus considérables de sa cour : celle de gardien des bijoux et des effets précieux de son palais.

Tant que le prince vécut, Alibée jouit d'une faveur qui allait chaque jour en grandissant ; cependant, à mesure qu'il avançait en âge, l'idée de la retraite lui venait fréquemment à l'esprit ; il regrettait parfois son premier métier et disait amèrement : « O jours heureux ! jours innocents ! s'écriait-il, jours où j'ai goûté une joie pure, sans mélange de peines et de larmes ! Jours les plus doux de ma vie ! celui qui m'a privé de vous pour me donner toutes les richesses que je possède m'a dépouillé de tout mon bien. Je ne me trouve point à l'aise dans mon palais : heureux, mille fois heureux ceux qui n'ont jamais connu les misères de la cour des rois ! Ici, pourtant, tous mes vœux sont prévenus et satisfaits ; je n'ai pas le temps de désirer, tous mes sens sont agréablement flattés et mon amour-propre jouit des respects de tout un peuple et des égards d'un grand roi. Et, cependant, ces nombreuses jouissances n'ont pas la douceur d'un seul des sentiments que j'éprouvais lorsque, le matin d'un beau jour, au lever de l'aurore, j'entrais dans la prairie suivi d'un chien fidèle et de mon troupeau : que serait-ce donc si je ressemblais à quelques-uns de ces courtisans que je vois pâles et rongés d'une ambition que rien ne peut satisfaire ! »

Alibée, si peu sensible aux plaisirs de la cour, ne fut pas longtemps à en éprouver les ennuis. Le vieux monarque qui l'aimait descendit dans la tombe et son fils lui succéda sur le trône.

Aussitôt des jaloux entreprirent de perdre le favori de l'ancien roi dans l'esprit du nouveau. Ils insinuèrent qu'Alibée, abusant de la confiance que son père lui accordait, avait amassé d'immenses richesses et détourné quantité d'effets précieux confiés à sa garde.

Le roi, trop jeune pour n'être pas crédule, avait de plus la vanité de croire qu'il pouvait réformer bien des choses dans l'administration du royaume.

Sur le conseil des courtisans, afin de trouver un prétexte pour lui enlever sa charge, le nouveau souverain ordonna à Alibée de lui apporter le cimeterre enrichi de diamants que le roi son père avait coutume de porter dans les batailles. Alibée l'apporte et le présente au roi, mais il était dégarni de ses pierreries. Le monarque le crut aussitôt coupable de ce vol ; mais Alibée prouva qu'elles avaient été ôtées sur l'ordre même de son père et avant qu'il fût en possession de sa charge.

Les courtisans, honteux de l'insuccès de leur ruse, n'en furent que plus ardents à poursuivre l'honnête homme qu'ils voulaient perdre. Dans ce but, ils conseillèrent donc au roi de se faire présenter, dans le délai de quinze jours, le répertoire complet de tous les objets dont il avait été le gardien.

A l'expiration du délai, le roi voulut être présent à l'ouverture du dépôt. Alibée l'ouvre devant lui et présente tous les bijoux qui lui ont été confiés : chaque pièce était rangée bien en ordre et conservée avec soin. Le roi, surpris de tant d'exactitude, lançait déjà des regards indignés sur les accusateurs, lorsqu'ils lui firent remarquer, au bout de la galerie, une porte de fer que fermaient trois grosses serrures.

— C'est dans cette chambre, lui dirent-ils, qu'Alibée a renfermé les trésors volés à votre père.

Le roi redevint furieux et ordonna que la porte fût ouverte sur-le-champ. Alibée se jette à ses pieds et le supplie de ne lui point enlever le seul bien dont il fait cas en ce monde.

— Il n'est pas juste, ajoute-t-il, de me dépouiller de ce que je possède après avoir pendant tant d'années servi fidèlement votre père ; prenez tout ce qu'il m'a donné, mais laissez-moi ce que je possède ici.

Les courtisans triomphaient déjà en silence. La résistance du fonctionnaire ne fit qu'augmenter les soupçons du roi, qui, en proie à une violente colère, le força d'obéir. Alibée prend donc les clefs et ouvre la porte mystérieuse.

Quelle fut la surprise du monarque et celle des ennemis d'Alibée lorsqu'ils n'aperçurent dans la chambre secrète qu'une houlette, une flûte et les habits qu'il portait lorsqu'il était berger, chers souvenirs qu'il visitait parfois afin d'entretenir l'amour de sa condition d'autrefois.

— Grand roi, dit-il, voyez le reste de mon premier bonheur ; ces simples objets seront le seul trésor qui me restera lorsque vous m'aurez dépouillé de tout ce que vous pouvez m'ôter. Voilà les richesses durables qui ne vous font jamais défaut. Elles suffiront toujours au bonheur de l'homme qui sait aimer l'innocence et se contenter du nécessaire, sans se tourmenter de biens frivoles qui n'ajoutent rien à la félicité réelle. O chers et simples compagnons de ma vie heureuse ! je ne veux plus que vous, et c'est avec vous que je suis désormais résolu de vivre et de mourir ! Grand roi ! je vous remets sans regrets tout ce que m'a donné votre père, je ne garde que ce qui m'appartenait avant qu'il me fit venir à la cour.

Le roi fut convaincu de l'innocence d'Alibée, et son indignation retomba sur les courtisans qui l'avaient trompé. Il fit de l'ancien berger son premier ministre et le chargea de toutes les affaires secrètes et importantes du royaume.

Alibée mourut premier ministre et pauvre. Il ne souffrit jamais qu'on punît aucun de ses ennemis. A sa mort, il ne laissa à ses parents que le bien nécessaire pour les nourrir dans la condition de berger, qu'il considéra toujours comme la plus heureuse et la plus sûre des professions.

IV

LE LION D'ANDROCLÈS

L'histoire qui suit est tirée de l'écrivain grec Appion.

On donnait au peuple romain le spectacle d'un combat de bêtes. A peine les barrières se sont-elles levées que l'arène se couvre d'une foule d'animaux frémissants, monstres affreux, tous d'une férocité et d'une grosseur peu communes. Parmi les lions bondissants, un entre autres attire les regards par sa taille énorme, ses muscles vigoureux, une crinière flottante et hérissée, ses rugissemets qui terrifient les spectateurs.

Parmi les malheureux condamnés à disputer leur vie contre la rage des animaux affamés, parut un certain Androclès, autrefois esclave d'un proconsul. Dès que le lion l'aperçoit, il s'arrête tout à coup, frappé d'étonnement, s'avance d'un air adouci, comme s'il eût connu ce malheureux : il s'approche de lui en agitant sa queue dans une attitude de soumission, ainsi qu'un chien qui cherche à flatter son maître ; arrivé près de l'esclave à demi mort de frayeur, il lui lèche doucement les pieds et les mains. Les caresses du monstrueux animal rappellent Androclès à la vie : ses yeux éteints s'entr'ouvrent peu à peu et rencontrent ceux du lion. Alors les spectateurs furent témoins d'une scène étrange : l'homme et le lion se donnant des marques de la joie la plus vive.

Rome entière, devant ce spectacle, pousse des cris d'admiration et l'empereur Caligula, présent, se fait amener l'homme, lui demande qui il est et par quel charme il a dompté ce terrible animal.

« Je suis esclave, répondit-il, et mon nom est Androclès. Lorsque mon maître était proconsul d'Afrique, j'eus à subir journellement de sa part toutes sortes de mauvais traitements et d'injures cruelles à tel point que je fus contraint de m'enfuir. Pour échapper aux poursuites d'un maître qui commandait à tout le pays, je m'enfonçai dans le désert de la Lybie, résolu, si je n'y trouvais ma subsistance, à chercher la mort le plus promptement possible.

Au milieu des sables brûlants, sous les ardeurs intolérables du soleil de midi, j'aperçus un antre profond et ténébreux où je me réfugiai.

A peine y étais-je que je vis entrer ce même lion, dont la douceur à mon égard vous étonne, poussant des cris plaintifs. Cet antre était sa demeure : je m'y cachai dans l'endroit le plus obscur, tremblant, et pensant être au dernier moment de ma vie. Il me découvrit et vint à moi, non pas menaçant, mais semblant au contraire implorer mon aide, car il leva sa patte malade afin de me la montrer. Il lui était entré sous la patte une très grosse épine que je lui arrachai, et m'enhardissant par la patience avec laquelle il supportait l'opération, je pressai la chair pour en faire sortir le pus ; j'essuyai la plaie, je la nettoyai le mieux qu'il me fut possible, et la mis en état de se cicatriser. Le lion soulagé se coucha, laissant sa patte entre mes mains, puis il s'endormit paisiblement.

Depuis ce jour, pendant trois ans, nous avons vécu ensemble dans cette caverne. Le lion se chargeait de la nourriture. Il allait régulièrement à la chasse et m'apportait fort exactement les meilleurs morceaux des proies qu'il avait prises et tuées. N'ayant point de feu, je les exposais aux plus grandes ardeurs du soleil pour les faire rôtir.

Pourtant la société de cet animal et cette vie sauvage me lassèrent à la longue, et je m'enfuis un jour que le lion était parti à la chasse. Mais à peine avais-je marché trois jours que des soldats me reconnurent et m'arrêtèrent. L'on me transporta d'Afrique à Rome pour me livrer à mon maître, qui me condamna à être dévoré par les bêtes. Je suppose que le lion a été pris peu de temps après notre séparation, et que, me retrouvant, il m'a payé le salaire de l'utile opération par laquelle je l'avais autrefois guéri. »

Tel fut le récit d'Androclès, qui courut en un instant toute l'assemblée. Aussitôt de grands cris se firent entendre, et le peuple demanda la vie et la liberté pour l'heureux Androclès. On lui donna l'une et l'autre et, de plus, on lui fit présent du lion. Il allait dans les rues de Rome, menant cet animal en laisse par une simple courroie, comme il l'aurait fait avec un chien.

Le peuple était enthousiasmé de ce spectacle : on jetait des pièces de monnaie à Androclès, on couvrait le lion de fleurs, et chacun s'écriait en les voyant passer :

— Voici le lion qui a donné l'hospitalité à un homme et voilà l'homme qui a guéri un lion.

V

AMYNTAS

Un poète idyllique des plus charmants met dans la bouche d'un berger le récit suivant :

« Nous allions à Delphes, Lycas et moi, porter notre offrande à Apollon. Déjà, nous apercevions la colline sur laquelle le temple, orné de colonnes d'une blancheur éclatante, s'élance vers le ciel au centre d'un bois de lauriers. Plus loin, les regards embrassaient l'immensité bleue de la mer.

Il était midi : le sable torride chauffait la plante de nos pieds d'où s'élevait, à chaque pas que nous faisions, une poussière enflammée, qui nous brûlait les yeux et se collait sur nos lèvres desséchées. Nous gravissions ainsi lentement le chemin, accablés par la chaleur. On n'entendait que la cigale et la sauterelle bruire sous l'herbe grillée des prés. Mais bientôt nous hâtâmes le pas, lorsque nous aperçûmes devant nous, sur le bord même du chemin, quelques arbres hauts et touffus, dont les épaisses frondaisons étaient aussi sombres que la nuit. Nous entrâmes aussitôt dans ce bocage d'une fraîcheur délicieuse. Cette oasis offrait ce qui pouvait tout à la fois récréer les sens.

Des arbres touffus entouraient un parterre de gazon, arrosé par une source de l'eau la plus fraîche. Des branches chargées de fruits dorés s'inclinaient vers une vasque emplie d'eau limpide et les troncs des arbres étaient entrelacés de buissons verdoyants, d'églantiers, de groseilliers et de mûriers sauvages. La fontaine sortait en bouillonnant du pied d'un tombeau entouré de chèvrefeuilles, de saules et couvert de lierre grimpant.

— O Dieu ! s'écrièrent les voyageurs, quel charme en ces lieux ! Nous devons bénir la main bienfaisante qui a planté ces doux ombrages.

— C'est ici peut-être que reposent les cendres de cet homme de bien.

— Voici, dit Lycas, quelques caractères que j'aperçois entre les rameaux de chèvrefeuilles, au frontispice de ce tombeau. Peut-être nous apprendront-ils quel est celui qui daigna pourvoir au soulagement du voyageur fatigué.

Il souleva les rameaux avec son bâton et lut ces mots :

Ici reposent les cendres d'Amyntas. Sa vie entière ne fut qu'une suite de bienfaits. Voulant encore faire du bien après sa mort, il conduisit cette source en ce lieu et y planta ces arbres.

— Que ta cendre soit bénie, homme généreux ! Que tous les tiens, que tous ceux que tu laissas après toi soient bénis à jamais !

En disant ces mots, je vis quelqu'un s'avancer vers nous : c'était une femme, jeune et belle, à la taille svelte, à la démarche noble et souple ; elle portait un vase de terre sur son épaule. En s'approchant de la fontaine, elle nous dit d'une voix gracieuse :

— Je vous salue. Vous êtes étrangers, accablés sans doute par la longue marche que vous avez faite durant la chaleur du jour. Dites-moi si vous avez besoin de quelques rafraîchissements que vous n'ayez point trouvés ici ?

— Nous te remercions, lui répondis-je ; que pourrions-nous désirer encore ? L'eau de cette fontaine est si pure, ces fruits si délicieux, ces ombrages si frais ! Nous sommes pleins de vénération pour l'homme de bien dont la cendre repose ici : sa bienfaisance a prévu tous les besoins du voyageur. Tu parais être de cette contrée ; tu l'as connu peut-être ? Ah ! dis-nous, tandis que nous nous reposons sous la fraîcheur de ces ombrages, dis-nous quel fut cet homme vertueux !

Alors, posant son vase à côté d'elle et s'appuyant dessus, elle reprit avec un sourire gracieux :

— Amyntas était son nom. Honorer les dieux, faire du bien aux hommes, c'était pour lui le bonheur le plus doux. Dans toute cette contrée, il n'est pas un berger qui ne révère sa mémoire et ne lui garde la plus tendre reconnaissance ; il n'en est pas un qui ne raconte avec joie quelque trait de sa bonté délicate. Moi-même je lui dois tout ; c'est par lui que je suis la plus heureuse des femmes, car je suis l'épouse de son fils...

Mon père était mort, nous laissant, ma mère et moi, dans la misère et la douleur. Retirées dans une cabane solitaire, nous y vivions du travail de nos mains. Deux chèvres nous donnaient leur lait, un petit verger ses fruits : c'étaient là nos seuls trésors

Le calme dont nous jouissions ne dura pas longtemps. Ma mère mourut, et je restai seule, sans appui, sans consolation. Amyntas alors me prit dans sa maison, me confia la direction de son intérieur et fut plutôt mon père que mon maître. Son fils, le meilleur et le plus beau berger de ces hameaux, vit la sollicitude avec laquelle je m'acquittais des soins du ménage. Son père devina qu'il m'aimait, et il me demanda comme une grâce de rendre son fils le plus heureux des hommes, en consentant à s'unir à lui par le mariage...

Mais je ne vous entretiens que de mon bonheur, et j'oublie de vous apprendre comment le digne homme qui repose sous cette pierre a conduit cette source en ces lieux et planté ces arbres.

Dans les derniers temps de sa vie, il venait souvent se reposer au bord de ce chemin ; d'un air affable et complaisant, il saluait les passants et offrait des rafraîchissements et l'hospitalité aux voyageurs altérés et fatigués.

Mais un beau jour il songea que, s'il plantait ici quelques arbres fruitiers ; si, sous leur ombrage, il conduisait une source fraîche et limpide, l'eau et la verdure manquant en ces lieux, longtemps encore après lui, il soulagerait l'homme las ou assoiffé.

Ce projet fut promptement exécuté. Il fit amener ici la source que vous voyez et, à l'entour, il planta des arbres dont les fruits mûrissent en différentes saisons. Il supplia ensuite les dieux de faire prospérer ces jeunes arbustes. Les dieux écoutèrent la voix de l'homme vertueux, et ils ajoutèrent à ce bienfait celui de prolonger sa carrière jusqu'au jour où il put voir ce bocage dans toute sa beauté. Il s'est promené sous ces ombrages ; il s'est reposé auprès de cette onde bienfaisante ; il a offert des fruits de ces arbres à l'étranger qui passait sur cette route. Mais, le plus beau printemps qu'il passa sous ces voûtes de verdure, fut aussi le dernier ; il mourut, et nous l'avons enseveli en ces lieux, afin que tous ceux qui se reposeront sous ces ombrages bénissent sa cendre en vénérant son souvenir.

Ce récit terminé, nous accordâmes une pensée reconnaissante à l'homme de bien qui avait réalisé un si généreux dessein, et, reposés de nos fatigues, nous prîmes congé de celle qui venait si aimablement de nous fournir ces détails intéressants.

VI

UNE ERUPTION VOLCANIQUE

En l'an 79 de notre ère, le Vésuve était alors une montagne paisible, et à ses pieds s'étendaient deux villes populeuses, Herculanum et Pompéi.

C'est à cette époque que se place une très vieille histoire, que nous devons à un écrivain célèbre de ces temps reculés, nommé Pline.

Le vieux volcan, qui paraissait pour toujours assoupi, se réveilla soudain et se mit à gronder.

Le 3 août, vers une heure de l'après-midi, on vit un nuage extraordinaire, tantôt blanc, tantôt noir, planer au-dessus du Vésuve.

Or, à cette époque, vivait à Misène, port de mer situé non loin du Vésuve, l'oncle de l'auteur à qui nous devons le récit de ces faits. Il s'appelait Pline comme son neveu et commandait la flotte romaine en station dans ce port.

Surpris du singulier nuage qui planait au-dessus du Vésuve, Pline partit aussitôt avec sa flotte afin d'aider les habitants des bourgs menacés et aussi pour observer de plus près la terrible nuée. Les populations du pied du Vésuve fuyaient à la hâte, frappées d'épouvante.

Pline, bravant le danger, se dirigea du côté où le péril paraissait le plus grand, cependant que sur les vaisseaux tombait une cendre brûlante, mélangée de pierres calcinées ; la mer furieuse sortait de son lit ; le rivage, encombré de débris, devenait inaccessible.

Cependant, de plusieurs points du Vésuve s'élançaient de grandes flammes, dont l'effrayante lueur était augmentée par les ténèbres produites par la nuée des cendres, du volcan. Pour rassurer ceux qui l'accompagnaient, Pline leur dit que ces flammes venaient de quelques villages abandonnés et surpris par l'incendie. Quoique sachant le danger imminent, accablé par la fatigue, il s'endormit d'un profond sommeil.

Or, pendant qu'il reposait, la nuée atteignit Stabies, où il avait dû débarquer, et peu à peu la cour par laquelle on entrait dans sa chambre se remplit à tel point de cendres qu'on dut l'éveiller afin qu'il ne fût point enterré vivant.

Les maisons, ébranlées par de continuelles secousses, chancelaient d'un côté, puis de l'autre, et beaucoup s'écroulaient.

On résolut de reprendre la mer. Sous une averse de pierres légères et de cendres, à la lueur de flambeaux afin d'éclairer leur marche au milieu de profonds ténèbres, les marins regagnèrent le port. Là, Pline s'assied un moment afin de se reposer, quand des flammes violentes, accompagnées d'une forte odeur de soufre, mettent tout l'équipage en fuite. Pline se lève, suffoqué, puis aussitôt retombe : il était mort, étouffé par les émanations et la fumée.

⁂

Tandis que l'oncle périssait ainsi à Stabies, le neveu, resté à Misène avec sa mère, n'était guère plus heureux. Il a raconté dans les termes suivants les événements dont il fut témoin :

« Dans la nuit qui suivit le départ de mon oncle, a-t-il écrit, la terre se mit à trembler fortement. Ma mère effrayée vint me réveiller et me trouva debout en train de m'habiller. Comme la maison menaçait de s'écrouler, nous en sortîmes et nous nous assîmes dehors, à une faible distance de la mer.

« Avec l'insouciance de mon âge, j'avais alors dix-huit ans, je me mis à lire. Bien qu'il fût sept heures du matin, on y voyait à peine, tant l'air était obscurci.

« Puis nous fîmes comme tout le monde, nous quittâmes la ville, et nous nous arrêtâmes à quelque distance, dans la campagne. Les chariots emmenés vacillaient à tout moment sous l'effet des secousses du sol. A peine pouvait-on les tenir en place en assujettissant les roues avec des pierres. La mer, chassée du rivage par l'ébranlement des terres, abandonnait la plage et laissait à sec sur le sable de nombreux poissons.

« Une nuée d'une obscurité intense s'avançait vers nous ; dans ses flancs serpentaient des traînées de feu semblables à d'immenses éclairs. Ma mère me conjura alors de fuir au plus vite et de ne pas m'exposer à une mort certaine en réglant ma marche sur la sienne, appesantie par les années. Elle mourrait contente, me disait-elle, en me sachant hors de danger. »

Mais loin de là, Pline la soutint, l'encouragea, bien décidé à se sauver avec elle ou à mourir tous deux.

Alors le spectacle qui se déroula fut affreux. La cendre tomba en abondance, et les ténèbres se firent plus profondes. Le tumulte devint indescriptible, au milieu des cris et des gémissements. Eperdus de terreur, les gens fuyaient au hasard, renversant et foulant aux pieds ceux qui se trouvaient sur leur passage. Beaucoup pensaient que cette nuit était la dernière, l'éternelle nuit qui devait ensevelir le monde. Les mères à tâtons cherchaient leurs enfants entraînés par la foule ou peut-être écrasés sous les pieds des fuyards ; elles les appelaient pour les embrasser une fois encore avant de mourir.

Pline et sa mère s'étaient assis à l'écart pour laisser passer le flot de la multitude, mais de temps en temps, il leur fallait se lever pour secouer les cendres qui les couvraient. Enfin, le nuage se dissipa et le jour reparut. La terre était méconnaissable, car tout avait disparu sous un épais linceul de poussière calcinée.

Au pied de la montagne, les poussières vomies par le volcan s'élevèrent plus haut que les plus hautes maisons, et des villes telles que Herculanum et Pompéi, furent ensevelies : le volcan les avait enterrées vivantes.

Heureusement, peu d'habitants périrent ; le plus grand nombre eut le temps de fuir, comme avaient fait Pline et sa mère à Misène.

Aujourd'hui, après dix-huit siècles de sépulture, Herculanum et Pompéi sont exhumées par la pioche du mineur, telles que les surprirent les nuées de cendres volcaniques. Des champs de céréales et des vignobles les couvrent dans les parties non encore déblayées.

Le voyageur qui visite les quartiers que les fouilles n'ont pas encore mis à découvert, mais rendus accessibles au moyen de puits creusés exprès, descend sous terre à une grande profondeur.

VII

EPONINE ET SABINUS

Julius Sabinus, chef gaulois, né dans le pays de Langres, conçut l'ambition de se faire proclamer empereur. Il prit même le titre de César et opposa la plus énergique résistance à Vespasien, qui venait de monter sur le trône. Mais la fortune ne seconda point ses projets ambitieux. Dans une bataille qu'il livra à l'armée romaine, il fut vaincu et ses troupes mises en déroute.

Pour échapper aux poursuites du vainqueur, il s'enfuit et se cacha dans une de ses maisons de campagne. Il congédia tous ses domestiques et ne garda près de lui que deux affranchis en qui il avait la plus entière confiance, ensuite il mit le feu à sa maison et fit répandre le bruit qu'il avait péri dans les flammes.

Mais, au lieu de se laisser brûler, il se retira dans de vastes souterrains ignorés de tout le monde et qui lui servaient à cacher ses trésors. Quelques confidents, seuls, mis dans le secret, connurent le lieu de sa retraite, qu'ignora tout d'abord sa femme.

En effet, lorsque cette épouse fidèle et dévouée apprit, en même temps que le public, la mort de Sabinus, sa douleur fut si vive qu'elle voulut mourir. Comme elle était observée et gardée avec soin par ses parents et ses amis, elle choisit le genre de mort le plus lent, en refusant de prendre toute espèce de nourriture.

Cependant les affranchis de Sabinus, qui sortaient tour à tour du souterrain pour aller chercher des aliments, s'informèrent par ordre de leur maître de la situation d'Eponine, et lui apprirent qu'elle avait déjà passé trois jours et trois nuits sans manger. Alarmé sur son sort, celui-ci s'empressa de lui faire connaître l'endroit où il s'était réfugié.

Eponine, que cette révélation rattacha à la vie, continua cependant à exprimer la plus vive douleur et à simuler son veuvage afin de ne point perdre son mari par une joie indiscrète. Mais, dès que la nuit fut venue, elle se rendit sans tarder à l'antre ténébreux qu'habitait son époux. Elle voulut même partager son existence et refusait obstinément d'en sortir. Cependant, comme il était impossible qu'elle disparût entièrement du monde sans s'exposer à des recherches dangereuses et que, d'un autre côté, en renonçant pour toujours à sa famille et à ses amis, elle s'ôtait les moyens de servir Sabinus si l'occasion s'en présentait, elle consentit à ne venir dans le souterrain que pendant la nuit.

La maison où elle demeurait se trouvait située à plus de cinq lieues de la retraite de son mari. Néanmoins cet éloignement ne fut jamais un obstacle au devoir qu'elle s'était prescrit et à l'accomplissement duquel elle trouvait le plus doux plaisir. La joie de consoler son infortuné mari lui faisait supporter bravement les fatigues du voyage, les intempéries des saisons, même les rigueurs de l'hiver.

Elle venait régulièrement au souterrain chaque soir, sous la conduite d'un affranchi, et souvent elle restait plusieurs jours de suite, ayant pris les précautions nécessaires pour que son absence ne donnât lieu à aucun soupçon. La vie retirée qu'elle menait au milieu du monde, la douleur qu'on lui supposait lui procuraient la facilité de dérober ses démarches au monde.

Un nouvel événement vint rendre sa situation plus pénible encore. Elle reconnut qu'elle allait rendre Sabinus père. Que de craintes ! Que d'inquiétudes ! A quels embarras ne serait-elle pas livrée pour cacher son état à ceux qui l'entouraient ?

Mais Eponine n'était pas une femme ordinaire. Elle devint secrètement mère de deux enfants jumeaux. La première nuit qu'elle put sortir, elle les prit dans ses bras et, chargée de ce précieux fardeau, se rendit auprès de leur père. Qui pourrait peindre le profond attendrissement, les transports de joie de Sabinus en embrassant à la fois son épouse et ses enfants ?... Ses enfants, gages touchants de la tendresse la plus parfaite et la plus pure, condamnés dès leur naissance à vivre et à croître dans une prison !...

Les deux enfants d'Eponine furent, en effet, élevés dans le souterrain et n'en sortirent jamais durant les neuf années que Sabinus y resta caché. Ce temps, au lieu de diminuer l'assiduité d'Eponine, ne fit que rendre ses voyages au souterrain plus fréquents : l'univers et le bonheur n'existaient pour elle qu'au fond de la caverne où logeait son mari, où grandissaient ses enfants.

La sécurité la rendit même imprudente. Elle multiplia ses absences et les prolongea, de sorte qu'elle fut observée, épiée, suivie, et elle finit par faire découvrir le fugitif. Bientôt la retraite de Sabinus fut révélée à l'empereur, qui le fit arracher à sa triste prison pour le traîner dans d'autres cachots.

Eponine, ne démentant ni la vertu ni le courage dont elle avait donné tant de preuves, se rendit au palais impérial accompagnée de ses deux enfants. Sur son passage, la foule la plaignait et admirait sa conduite. Insensible à ces témoignages de compassion et de sympathie, l'épouse de Sabinus s'avança jusqu'aux appartements de Vespasien. Tout le monde se retira, et Eponine, se jetant avec ses deux enfants aux pieds de l'empereur, lui parla en ces termes :

— Voyez, César, à vos genoux, la femme et les enfants de l'infortuné Sabinus ; ces enfants innocents, je les ai allaités et élevés dans un lugubre souterrain afin que nous soyons plus nombreux à venir implorer votre clémence. Pour la première fois aujourd'hui, ils jouissent de la lumière du jour et le soleil qui luit pour eux depuis si peu d'instants doit-il éclairer le supplice de Sabinus, et ce jour, qui les arrache aux ténèbres et à la captivité, doit-il être enfin le dernier des jours de leur père ?... Quel fut d'ailleurs son crime ? L'ambition, César, si cette passion n'eût pas dominé dans votre âme, feriez-vous le bonheur de l'univers ? Seriez-vous l'arbitre du sort de mon époux ?... Vous avez prouvé jusqu'ici que la fortune ne fut point aveugle en vous favorisant ; achevez de la justifier par votre clémence... Tout vous est soumis ; vous régnez. Ah ! connaissez le doux charme de ce haut rang où vous a placé le sort ; plaignez les malheureux et sachez pardonner. Pourriez-vous être insensible aux pleurs d'une épouse, d'une mère... Vous êtes souverain, vous êtes père et l'innocence aurait-elle en vain versé des larmes à vos pieds ? Hélas ! le châtiment de Sabinus n'a-t-il pas été suffisant après neuf années de captivité ? Souffririez-vous qu'on puisse vous reprocher un jour un excès de rigueur si peu nécessaire à votre sûreté ? Ah ! César, songez-y, votre inflexibilité ne peut ravir à Sabinus qu'une vie obscure et languissante, tandis qu'elle ternirait aux yeux de la postérité votre gloire si brillante et si pure, heureux et juste fruit de vos travaux et de vos exploits. »

On se demandera, après cet éloquent plaidoyer, si Vespasien se laissa toucher. Hélas ! il n'en fut rien. L'empereur, insensible aux supplications de cette courageuse épouse, souilla sa gloire par une lâche vengeance : il condamna à mort l'époux d'Eponine. L'héroïsme de cette dernière ne se démentit pas jusqu'au dernier moment ; elle accompagna son mari au supplice et tous deux eurent la tête tranchée. Vespasien ne fit grâce qu'à leurs jeunes enfants.

VIII

DAGOBERT ET SAINT ELOI

Il est une chanson, fort populaire, dont il serait, je crois, assez difficile de justifier la raison d'être.

Chaque couplet de cette chanson parle du bon roi Dagobert, et dans chaque couplet aussi il est question du grand saint Eloi.

Pourquoi de tant de héros qui s'offraient à sa critique, la chanson est-elle allée choisir, pour les ridiculiser, deux personnages de l'époque la plus reculée de notre histoire ? Ce qui s'explique moins encore, c'est que la chanson ait jugé propres au ridicule ces hommes qui, à des titres bien opposés, semblaient devoir y échapper.

D'une part, il semble étrange de présenter comme un pauvre

imbécile ce fastueux roi Dagobert, qui fut un des monarques les plus intelligents de la première race.

D'autre part, voyons si le second personnage méritait mieux que le premier la malencontreuse attention dont il fut l'objet.

Le roi Clotaire II, dit un chroniqueur, voulant posséder un trône dont la richesse et la beauté fussent dignes de la majesté royale, fit appeler Bobbon, son trésorier, auquel il fit part de son projet.

— J'ai dans mes ateliers, dit Bobbon, un ouvrier capable d'exécuter un pareil ouvrage.

Or, cet ouvrier s'appelait Eloi. Il était né au village de Châtelet, dans le Limousin, de parents pauvres qui, voyant se manifester en lui des aptitudes particulières, le conduisirent à Limoges et obtinrent qu'il entrât comme apprenti dans les ateliers de la Monnaie, qui étaient en même temps des ateliers d'orfèvrerie. Là, il fit dans les arts du dessin et dans l'art de travailler les métaux de tels progrès que Bobbon, ayant entendu parler de lui, le fit venir à Paris.

Présenté à Clotaire, qui l'instruisit de son désir, le jeune Limousin composa d'abord les dessins du trône qu'il se proposait d'exécuter en orfèvrerie.

Le roi les approuva et chargea ses orfèvres ordinaires d'évaluer la quantité d'or nécessaire pour ce travail. Ceux-ci, jaloux du nouveau venu et dans l'espoir de le perdre en tentant sa cupidité, doublèrent leurs prétendus calculs d'estimation. Clotaire donna ordre que cette quantité d'or fût remise à Eloi.

Le trône achevé, l'habile orfèvre le présenta au roi qui s'extasia devant le bon goût et la finesse du travail. Craignant de ne pas être assez généreux pour l'auteur d'un pareil chef-d'œuvre, Clotaire voulut s'en rapporter de nouveau à l'estimation de ses orfèvres, qui, renchérissant sur l'admiration du monarque, ne tarissaient pas d'éloges eux aussi sur les talents de l'artiste.

L'un d'entre eux, cependant, insinua alors adroitement au roi que, prévoyant sans doute un salaire insuffisant, Eloi avait cru devoir se payer préalablement lui-même, car il avait dû garder au moins le quart de l'or qui lui avait été confié, ce qu'il serait facile de vérifier en pesant le trône.

Cette observation sembla diminuer quelque peu l'admiration de Clotaire, qui demanda à l'ouvrier si, son travail terminé, il ne lui était point resté une certaine quantité d'or.

Les rivaux d'Eloi parurent alors avoir réussi dans leur machination ; mais celui qui les avait vaincus au point de vue artistique devait encore triompher d'eux sur le terrain de la probité.

— Pardon, sire, répondit Eloi. Cet ouvrage exécuté, il m'est resté non pas le quart, ni le tiers de l'or que vous m'avez fait remettre, mais une quantité suffisante pour me permettre de fabriquer un second trône en tout semblable au premier.

Ayant ainsi parlé, Eloi fit apporter devant Clotaire un autre siège royal qui ne différait en rien de celui qu'on avait trouvé si magnifique.

Telle fut, ajoute l'historien, la circonstance à laquelle Eloi dut, non seulement l'estime, mais encore l'affection de son souverain.

Sous Dagobert, fils et successeur de Clotaire, Eloi, tout en s'occupant encore de l'art auquel il devait son élévation, devint trésorier royal et ambassadeur. Plein d'estime pour ses vertus, le roi en fit son principal conseiller.

Il était déjà d'un certain âge quand, distribuant aux pauvres les grandes richesses qu'il avait amassées, il prit l'habit religieux et fut nommé en 639 évêque de Noyon. Eloi fonda des hôpitaux, bâtit des monastères et travailla avec zèle à la conversion des païens, encore fort nombreux dans son vaste diocèse. Sa vie exemplaire et si essentiellement chrétienne, lui valut d'être mis au rang des saints.

Saint Eloi est le patron des orfèvres et même de tous les ouvriers qui font usage du marteau.

Pourquoi la chanson populaire a-t-elle ridiculisé cet enfant du peuple qui, par ses mérites et ses vertus, est parvenu aux plus hautes dignités de l'Etat et de l'Eglise ?

IX

LES AVENTURES D'ATTALE

Gonderic, chef barbare, habitait aux environs de Trèves. C'était un esprit despotique qui, jaloux de son autorité, exigeait une obéissance absolue de ses sujets et réprimait avec la plus grande sévérité toute infraction à ses ordres.

L'évêque de Tongres d'alors était le pieux Grégoire, déjà âgé et qui avait auprès de lui son neveu Attale, qu'il élevait dans la pratique de toutes les vertus.

Un jour, Gonderic, dans une expédition sur les terres de Grégoire, s'empara d'Attale et l'emmena chez lui comme esclave. Il le chargea du soin de veiller sur ses écuries.

Attale conduisait les chevaux du chef barbare dans les pâturages, les étrillait, les pansait, et il couchait près d'eux pour les surveiller, même la nuit. Ses nouvelles fonctions ne lui déplaisaient point, mais il était triste de vivre loin de son bon oncle.

Pour obtenir la liberté de son neveu, Grégoire fit offrir à Gonderic de lui payer une forte rançon. Celui-ci refusa de rendre son esclave.

— Attale, répondit-il, me servira ; je le veux et je ne l'échangerais pas contre tout l'or du royaume.

L'évêque se montra profondément navré de la réponse du chef barbare. Un jour qu'il se lamentait plus encore que de coutume, un jeune domestique de sa maison vint le trouver et lui propos. de délivrer Attale.

Ce jeune homme était de deux ans plus âgé qu'Attale, avec qui il avait joué dans son enfance, et ils étaient restés unis par la plus étroite amitié.

— Comment y parviendras-tu, mon enfant ? objecta Grégoire.

— Laissez-moi partir ; j'ai bon espoir que je réussirai.
— A la grâce de Dieu, répondit l'évêque, et fais ce que tu désires.
Il lui donna sa bénédiction et lui remit une petite somme d'argent.

Léon se rendit à Trèves et passa la nuit dans une auberge. Le lendemain il demanda à l'hôtelier de le vendre comme esclave à Gonderic. L'aubergiste, qui était un brave homme, fit des difficultés ; mais Léon lui affirma qu'il ne courait aucun danger à lui rendre ce qu'il considérait comme un service, que c'était au contraire pour venir en aide à un infortuné qu'il le priait d'agir ainsi, que de plus il serait payé de sa peine, puisqu'il empocherait le prix de la vente.

L'homme accepta enfin la proposition de Léon et le vendit pour trente pièces d'or à Gonderic, lequel étant fort gourmand, fut ravi d'apprendre qu'il était très habile cuisinier. En effet, dès le premier repas qu'il lui prépara, le barbare mangea de meilleur appétit qu'il ne l'avait jamais fait, et il tint le jeune homme en grande estime.

Pour montrer l'excellence de sa cuisine, il invitait des amis à sa table, et tous louaient fort les talents culinaires de Léon, ce qui flattait la vanité de Gonderic et augmentait sa confiance envers son esclave.

Néanmoins, celui-ci, jusque-là, n'avait pas encore pu parler à Attale, bien qu'il l'eût aperçu plusieurs fois de loin. Se hasardant une nuit, tandis que tout le monde dormait, il se rendit à l'écurie où reposait son camarade et doucement l'éveilla. A sa vue, Attale poussa un cri de surprise.

— Chut ! fit Léon. Oui, c'est moi, mais pas un mot ou nous serions perdus tous deux. Votre oncle est en bonne santé ; patience et courage, et je vous sortirai d'ici.

Sur ces mots, il se retira aussi silencieusement qu'il était venu.

Un jour, Gonderic dit à Léon :

— Mon gendre vient d'arriver avec plusieurs de mes amis. Je tiens à les bien recevoir ; il faut que tu te surpasses dans la préparation des festins que je vais leur offrir.

— Comptez sur moi, seigneur, répondit le cuisinier.

Léon jugea le moment propice à leur évasion. En conséquence, il prit toutes les précautions nécessaires pour accomplir ce périlleux dessein. En se rendant à la ville voisine, pour l'achat des denrées indispensables aux repas de son maître, il traversa la prairie où Attale surveillait ses chevaux et causa quelques instants avec le jeune pâtre, le temps de lui dire :

— Cette nuit, Attale, reste éveillé et tiens-toi prêt à partir ; en outre, prépare-nous deux chevaux capables de fournir une longue course.

Le repas que Léon servit à Gonderic et à ses hôtes fut splendide, et les invités en louèrent l'excellence et la belle ordonnance, puis ils s'allèrent coucher.

Dès qu'il les crut endormis, Léon s'empressa de rejoindre Attale, qui l'attendait avec impatience.

Munis de boucliers et armés de bonnes épées, ils se rendirent dans la prairie, montèrent sur deux chevaux bridés et sellés et s'enfuirent au galop, dans la nuit sombre.

Arrivés sur les bords de la Meuse, ils abandonnèrent leurs montures et traversèrent le fleuve à la nage. Après avoir atteint l'autre rive, ils s'enfoncèrent dans une épaisse forêt. Ils y demeurèrent cachés tout le jour, attendant la nuit afin de poursuivre leur route.

Tout à coup, ils entendirent le galop de plusieurs chevaux. Dissimulés derrière un buisson touffu, ils virent passer au loin Gonderic et ses hommes d'armes qui s'étaient mis à la recherche des fugitifs.

La nuit venue, les deux jeunes gens recommencèrent à marcher, tout en prenant les plus grandes précautions.

Après avoir traversé les plaines de la Champagne, ils eurent la bonne fortune d'arriver au petit jour chez l'évêque Grégoire.

On devine aisément la chaleureuse réception que leur fit le bon vieillard. Il pleura de joie en embrassant son neveu ; et Léon, pour prix de son dévouement, fut généreusement récompensé.

X

LA SOUMISSION DE ROLLON

Le célèbre chef normand Rollon peut être considéré comme le premier duc de Normandie.

Fils d'un chef norvégien, il s'adonna de bonne heure à la piraterie.

En 892, il dirige une expédition contre Paris qu'il assiège. Déjà, d'ailleurs, établi à Rouen, il devient comme un chef de pays. Charles le Simple négocie avec lui et, dans la conférence solennelle de Saint-Clair-sur-Epte, lui concède la partie de la Neustrie occupée déjà par les Normands ; en réalité, cette convention ne fait que sanctionner une conquête déjà ancienne. Par ce même traité, Charles le Simple donna même à Rollon sa fille Gisèle en mariage.

La convention de Saint-Clair porta ses fruits : Rollon, converti au christianisme, s'occupa activement d'organiser la province qu'il administrait et y fit régner l'ordre.

On cite à ce sujet une anecdote fort curieuse.

Se promenant un jour avec un de ses amis en bordure d'une forêt, tout en causant de l'état d'esprit de ses anciens compagnons jadis effrénés pillards de villes et de monastères, Rollon affirma que pas un aujourd'hui ne se permettrait de commettre un vol.

A l'appui de ce qu'il émettait, il détacha un bracelet d'or qu'il portait au poignet et le suspendit à la branche d'un chêne.

Deux ans après le bracelet se trouvait encore à l'endroit où Rollon l'avait placé. On l'enleva pour le mettre, à sa mort, dans son cercueil.

XI

QUI M'AIME ME SUIVE !

Voici un proverbe qui fut créé à l'occasion d'une guerre contre les Flandres.

Qui m'aime me suive ! provient en effet d'un mot prononcé par Philippe VI de Valois.

A peine ce prince fut-il monté sur le trône qu'il songea à guerroyer contre les Flamands.

Plusieurs barons de son entourage lui conseillaient d'attendre l'année suivante pour entreprendre cette expédition, lui démontrant que l'hiver surviendrait avant que les préparatifs d'une semblable guerre fussent terminés.

Tel n'étant point l'avis du roi, il se tourna vers le connétable du royaume, messire Gautier de Châtillon, et lui demanda :

— Et vous, connétable, qu'en pensez-vous ?

— Qui a bon cœur trouve toujours bon temps pour la bataille ! répliqua Gautier de Châtillon.

En entendant ces paroles, le roi, l'embrassant, s'écria :

— Qui m'aime me suive !

Et l'expédition décidée, il fut crié, dit la chronique de Saint-Denis, que chacun, selon son état, se trouvât devant Arras pour la Madeleine.

Ce mot historique, faisant allusion à la parole de Philippe de Valois, passa en proverbe dans le langage courant où il est encore fréquemment usité.

XII

BOIS TON SANG, BEAUMANOIR

Pendant les guerres intestines qui désolèrent la France au XIVe siècle, Charles de Châtillon, comte de Blois, et Jean de Montfort se disputèrent le duché de Bretagne.

Ils avaient appelé à leur aide l'un les Français, l'autre les Anglais.

La lutte dura près de vingt ans et, dans les époques de trêve, le pays était ravagé par des bandes de soldats vivant de brigandages.

Jean de Beaumanoir, gouverneur du château de Josselin, indigné du carnage et de la dévastation qui désolaient la Bretagne, surtout pratiqués par les troupes anglaises qui occupaient Ploërmel, reprocha à leur capitaine, Bembro, de « faire mauvaise guerre ».

L'Anglais répondit avec insolence et l'entrevue se termina par un défi. On convint de se battre trente contre trente au chêne de Mi-Voie dans la lande d'Holléau.

Tous les combattants furent présents au rendez-vous et une foule immense accourut pour assister à ce spectacle saisissant.

Le signal donné, les combattants s'élancèrent les uns sur les autres avec furie. Au premier choc, les Anglais ont l'avantage ; plusieurs Bretons furent tués, blessés. Beaumanoir, voyant les siens diminuer, fait des prodiges de valeur ; mais il est blessé et, tourmenté par une soif ardente, il demande à boire.

— Bois ton sang, Beaumanoir, et ta soif passera, lui cria le chevalier Geoffroi de Boves.

Accablé par le nombre, Beaumanoir va être fait prisonnier par Bembro qui lui crie de se rendre, lorsque ce dernier est tué d'un coup de lance.

Cette mort n'arrête pas l'élan des Anglais, mais néanmoins ils sont vaincus, grâce à un stratagème de Guillaume de Montauban.

Il se retire à l'écart, feint de fuir pour se précipiter ensuite au galop sur les Anglais qui se tenaient en ligne. Il en renverse sept, et les autres, découragés, sont faits prisonniers.

Ainsi finit le combat des trente.

XIII

LES LEGENDES DE SAINT HUBERT

Chacun sait que saint Hubert est le patron des chasseurs.

On connaît peu de chose sur la vie de celui qu'on a appelé l'apôtre des Ardennes, sinon qu'il fut évêque de Maëstricht, et la ville de Liège le regarde comme son fondateur.

Quelle est l'origine du culte professé par les chasseurs pour saint Hubert ?

Il paraît remonter au règne de Louis le Débonnaire, lorsque les moines d'Adain transportèrent les restes du Nemrod chrétien dans la forêt des Ardennes. L'endroit où il fut inhumé devint un lieu de pèlerinage. Cependant saint Hubert ne s'imposa pas tout d'abord à la vénération des chasseurs. Saint Martin et saint Germain lui disputèrent longtemps cet honneur. Mais, au xe siècle, les chasseurs ardennais adoptèrent l'usage, pour célébrer sa fête, qui tombe le trois novembre, de lui offrir la dixième partie du gibier tué ce jour-là. Disons tout de suite que, si cette offrande fut particulièrement agréable au saint, elle ne fut pas moins bien accueillie des moines qui desservaient ses autels.

« Autrefois, dans les campagnes, dit Leverrier de La Conterie, à la chapelle du vieux manoir ou au fond des forêts, sur l'autel en ruines élevé par la piété d'un pèlerin ou d'un chasseur en péril à saint Hubert ou à Notre-Dame-des-Bois, un clerc, lisant un missel enfumé, dépêchait la messe du bienheureux patron ; autour se pressaient les veneurs, debout et découverts, la trompe au col, le couteau de chasse à la ceinture ; les valets tenaient les limiers à la botte ; les piqueurs contenaient, sous le fouet, la docile impatience des chiens couplés ; plus loin, les chevaux attachés frappaient la terre en frémissant et contemplaient le tableau que couvrait de son ombre religieuse la grande voûte de la futaie. A l'élévation les trompes faisaient entendre la *Saint-Hubert*. A ce bruit tant aimé, les chevaux hennissaient, les chiens se récriaient, et ces éclats sonores allaient troubler au loin la tranquille solitude de la forêt. Cependant le clerc bénissait le pain des veneurs, qui devait, pendant l'année, préserver les chiens de la rage. Puis, quand la dernière prière s'envolait de ses lèvres, les veneurs étaient en selle, car la brisée était bonne et le succès certain pour les pieux disciples du grand saint Hubert.

« La forêt s'animait alors d'une vie nouvelle aux cris des veneurs et aux abois des chiens ; l'animal poursuivi bondissait de la reposée, et la chasse partait entraînante et acharnée. Oh ! c'était une belle chasse que la chasse de Saint-Hubert !

« Puis, le soir, à l'entour du foyer, on disait les merveilleuses histoires de chasse, les naïves légendes ; on se transmettait les traditions, les enseignements du noble art de la vénerie ; on lisait les grands maîtres, le chevaleresque Phœbus, le bon Du Fouilloux, curieux et naïf témoin des mœurs de son temps. Oh ! c'était une belle fête que la fête de saint Hubert telle que la célébraient nos pères ! »

Aujourd'hui, laissons, pour cette fête, la parole à notre contemporain B.-H. Révoil, dont le nom, en fait de vénerie, fait autorité, et citons la description qu'il en a faite dans la *Chasse illustrée* ;

« Je conduirai, dit-il, mes lecteurs au château d'un chasseur émérite qui fête la Saint-Hubert en offrant à ses amis le plaisir d'une battue. De nombreuses lettres d'invitation ont, depuis huit jours, convoqué les amis du châtelain, et ceux-ci, arrivés la veille de la fête, ont envahi toutes les chambres du manoir.

« A cinq heures du matin, le sommeil des invités est gaiement troublé par la *Saint-Hubert*, sonnée à pleine trompe par deux piqueurs mandés exprès de Paris, lorsque les gardes ne savent point sonner eux-mêmes. Les chasseurs se lèvent en pleines ténèbres et descendent dans la salle à manger, où les attend la traditionnelle soupe à l'oignon. On boit une rasade de vin blanc, puis chacun, amazones, gardes et valets, tenant les chiens du châtelain en laisse, se rendent à l'église, où le prêtre dit une messe matinale, à la lueur des torches tenues par les domestiques de la maison. La cérémonie terminée, les trompes sonnent, le prêtre s'avance sur les marches de l'autel, et il donne la bénédiction à tous, bipèdes et quadrupèdes. Le plus jeune des chasseurs a fait la quête pour les pauvres de M. le curé et reçu l'offrande de chacun dans le pavillon d'une trompe.

« Et maintenant, en chasse ! Les coups de feu ne tardent pas à retentir et le gibier s'amoncelle dans les carniers et les fourgons.

Lorsque midi est arrivé, on se réunit à déjeuner chez le garde et l'on porte un toast au patron des chasseurs.

« Puis la chasse recommence. La battue est quelquefois remplacée, pour certains veneurs émérites, par une chasse à courre, terminée par un hallali. La nuit est venue ; on regagne le château. où le maître coq a fait des prodiges et sert aux invités un repas homérique, composé des mets les plus exquis et arrosé de vins généreux. Au dessert, de joyeuses chansons égaient l'auditoire, et, sous l'influence du champagne, chacun trouve un mot amusant pour exciter les rires. De burlesques histoires de chasse, d'invraisemblables aventures cynégétiques déridents les plus moroses. C'est la vie de château à la campage, l'automne, avec ses plaisirs, ses joies, ses enchantements.

« Nous citerons celle-ci à titre de spécimen :

Les fleurs, les flambeaux,
Les vins des caveaux,
Couvrent la nappe blanche ;
Et d'une voix franche,
Chacun au dessert
Célèbre saint Hubert,

O saint Hubert !
Le front découvert,
Nous chanterons ta gloire ;
Nous allons boire,
Et porter ta santé
A la postérité.

« Et la fête se termine par la fanfare de *Saint Hubert.* »

Il existe une histoire curieuse se rapportant au patron des chasseurs et dont le château d'Amboise fut le théâtre.

Avant 1870, le gardien du château montrait aux visiteurs une petite merveille gothique : la chapelle dédiée à saint Hubert et située juste en face le château.

Au-dessus de la porte, on voyait, chef-d'œuvre de scuplture dû au ciseau d'un artiste du moyen âge resté inconnu, l'apparition du cerf mentionné dans la légende. Ce sujet était couronné autrefois d'un bois énorme, celui-là même, paraît-il, qui avait appartenu au cerf miraculeux. Il avait, dit-on, été offert au roi Charles VII.

Or, pour le préserver des injures du temps, un Conversateur du Château avait eu l'idée de transporter cette relique inestimable dans la tour de Charles VII, seul lieu où ses dimensions disproportionnées avaient permis de la placer.

C'est donc là qu'on pouvait admirer le précieux bois gigantesque du fameux dix-cors dont les immenses ramures rappelaient celles des animaux de l'époque préhistorique.

Son récit achevé, le gardien ajoutait avec une sorte de fierté nationale : « Vous ne sauriez croire combien les Allemands nous envient cette relique pour laquelle ils professent la plus grande vénération.

« Pendant l'Exposition de 1867, un grand nombre de princes allemands étaient venus à Amboise et tous demandaient à visiter le fameux bois sacré, devant lequel ils se recueillaient en silence, car le miracle s'était passé dans leur pays.

« Depuis cette époque, l'année terrible est venue avec cette invasion allemande dont les vieillards d'aujourd'hui conservent au fond du cœur le triste souvenir. Après la capitulation de Metz, Frédéric-Charles vint, avec son armée, sur les bords de la Loire, et son premier souci fut d'envoyer des hommes occuper le château d'Amboise.

« Nous nous croyions bien perdus, tant notre frayeur fut grande, ajoutait le gardien ; mais, ô surprise ! ils se contentèrent d'entrer dans la fameuse tour et d'enlever avec tous les soins possibles les bois énormes du fameux cerf qu'ils emballèrent précieusement, sur les ordres du prince Frédéric-Charles, qui en voulait orner sa demeure.

« Le château fut évacué aussitôt l'opération terminée et n'eût pas d'autres contributions à payer. »

Et le bonhomme terminait avec un sourire ironique et narquois :

« Ce bois gigantesque fut autrefois taillé par un charron voisin dans un orme séculaire que la foudre avait abattu. Quand on se fut rendu compte de l'effet déplorable qu'il produisait au-dessus de la porte de la chapelle, où il semblait plutôt l'enseigne d'un armurier, au lieu de le détruire, on le logea dans la tour, et je crus devoir forger cette légende pour expliquer la présence de cette horreur dans le château. »

C'est ainsi que les voleurs furent volés, n'était-ce point justice ?

XIV

LE JUGEMENT DE DIEU

Vers la fin du XIe siècle vivait en Lorraine un duc qui, dans tout le pays, avait la réputation d'être le prince le plus sage qu'on pût voir. Toutes ses actions émerveillaient ses conseillers et toutes ses paroles étaient autant d'oracles. On ne regrettait qu'une chose : le duc n'était pas marié et son peuple craignait qu'il mourût sans postérité, aussi le pressait-on, pour le bonheur de son duché, de choisir une épouse.

Le sage duc réfléchit longtemps à cette idée ; enfin il se décida à envoyer des messagers vers toutes les cours afin de découvrir la princesse vraiment digne d'aspirer à sa main. Le duc choisit une jeune fille que tous les chevaliers déclarèrent être la personne la plus aimable et la plus accomplie. Les courtisans ne tarissaient pas d'éloges sur son compte.

Le duc et son épouse vécurent heureux. Mais au bout de quelques années, le prince tomba dangereusement malade et sentit sa fin approcher. Près de son lit de mort, la duchesse, consternée, pleurait.

Jetant sur sa jeune femme un regard soucieux, le moribond lui dit :

— Ah ! les larmes sèchent bien vite dans les yeux de la jeunesse et le deuil dans un jeune cœur n'a pas de durée.

— Comment, répondit la duchesse, mon seigneur et maître peut-il me croire capable d'une pareille inconstance ?

— Je suis bien éloigné, reprit-il, de vouloir te lier pour toute la vie, ma chère femme, mais promets-moi seulement de rester fidèle à ma mémoire un an et un jour, et je mourrai en paix.

Ce à quoi la duchesse s'engagea solennellement. Et, par testament, le duc lui légua tous ses Etats, à condition qu'elle n'enfreindrait pas le vœu qu'elle venait de former. Mais si, dans le terme prescrit, elle manquait d'une manière ou d'une autre à la fidélité jurée, l'héritage serait attribué à son neveu, seigneur d'un Etat voisin.

Puis, toutes ces dispositions prises, le duc rendit le dernier soupir. A peine sa dépouille mortelle fut-elle descendue dans le caveau ducal que son neveu accourut pour prendre possession du duché, ne doutant point que son oncle étant mort sans postérité, il devenait son héritier.

Grande fut sa colère lorsque l'acte exprimant la dernière volonté de son oncle lui fut présenté. Il manifestait le désir de s'emparer par la violence de ce qui ne lui revenait plus de droit, mais deux oncles, chevaliers d'âge mûr, lui conseillèrent le calme.

— Jeune étourdi, lui dirent-ils, sois tranquille. La duchesse est jeune et belle ; crois-nous, elle ne pourra garder son vœu.

Le neveu reprit courage et environna aussitôt la jeune veuve d'espions. Pendant douze longs mois la duchesse vécut retirée, dans la compagnie de ses dames d'honneur, sans que l'ombre d'un soupçon ait pu l'atteindre. L'année était révolue et le dernier jour d'épreuve commençait. Lorsque le soleil descendit derrière les montagnes pour se coucher, la duchesse, qui avait hâte de s'évader de sa prison, donna l'ordre qu'on lui amenât son palefroi dont elle avait été si longtemps privée. Elle voulut que toute sa suite féminine l'accompagnât à un couvent voisin pour remercier le ciel par une action de grâce de la fin de son temps d'épreuve.

Sa dévotion achevée, la duchesse et son escorte reprirent le chemin du château. Elles chevauchaient sur la lisière d'une sombre forêt lorsque tout à coup une bête féroce s'élança de l'épaisseur du fourré et fonça sur la cavalcade en poussant des hurlements. L'escadron féminin se dispersa dans toutes les directions, en proie à une effroyable panique ; lorsque les dames revinrent, après un certain temps d'absence, elles constatèrent la disparition de leur maîtresse.

Elles la recherchèrent de tous côtés et elles eurent enfin la joie de la voir venir chevauchant aux côtés d'un chevalier de bonne mine qui avait sauvé la duchesse en tuant la bête — un loup d'énorme taille — qui la poursuivait.

Les dames heureuses d'avoir retrouvé leur souveraine saine et sauve, admirèrent la vaillance de son libérateur et le félicitèrent chaleureusement.

Invité à les accompagner au château ducal, le noble étranger déclina poliment cette offre. C'était un chevalier errant qui avait encore bien des malheureux à secourir et des torts à redresser. Il continua donc sa course près avoir pris congé des dames, et la duchesse rentra au château accompagnée de ses suivantes.

Mais à peine la nouvelle de l'aventure en forêt fût-elle ébruitée que le neveu du duc défunt voulut faire valoir ses prétentions.

Armé de pied en cap et accompagné de ses deux oncles aussi arrogants que lui, il se présenta devant le château. « Vous avez violé votre vœu, dit-il, vous êtes déchue de votre souveraineté. » C'est en vain qu'elle prit ses dames d'honneur à témoin.

La cause fut portée devant une cour de justice composée de tous les grands feudataires des duchés voisins. Après bien des délibérations, on conclut que l'existence de la duchesse avait été irréprochable pendant un an. Mais le neveu prétendit le contraire en soutenant que la journée n'était pas entièrement écoulée lorsque la duchesse était sortie. En conséquence, il fut décidé de laisser au ciel le soin de manifester sa culpabilité ou son innocence. En un mot, il fallait recourir par le glaive au jugement de Dieu.

Le neveu et ses deux robustes oncles se déclarèrent prêts à soutenir leur accusation en combat singulier contre tous ceux qui oseraient relever leurs gants. Six mois furent accordés à la duchesse pour produire trois chevaliers tenants qui voulussent bien défendre sa cause. Mais les jours, les semaines, les mois s'écoulèrent et nul chevalier ne se présenta pour prendre sa défense.

Le terme fixé pour le combat allait expirer lorsque la belle veuve reçut une invitation à assister à un tournoi donné à Tolède à l'occasion du mariage de don Rodrigue, roi des Goths, avec la princesse maure Exilona. La duchesse résolut de s'y rendre et d'y faire appel aux nombreux chevaliers que le tournoi devait y rassembler.

La fête était magnifique tant par le cortège des chevaliers présents et la beauté des coursiers qu'ils montaient que par les riches costumes des dames de la cour étincelants de joyaux et de pierreries.

Lorsque le roi se fut assis sur son trône placé sous un dais de damas à franges d'or, ayant à ses côtés sa femme, la jeune et belle Exilona, la duchesse s'avança jusqu'au bas des degrés du trône ; là, fléchissant les genoux, elle exposa les motifs de sa venue. Sur un signe du roi, elle se releva et raconta son histoire. Lorsqu'elle l'eut terminée, le roi s'écria :

— Belle duchesse, je donne à tous mes chevaliers pleine permission de rompre une lance pour votre cause, et je désigne pour le champ de la lice la place ouverte qui se trouve devant les murs de Tolède et j'assisterai au combat avec toute ma cour.

Aussitôt que le roi eut parlé de la sorte, grande fut l'émulation parmi les seigneurs présents ; chacun voulait avoir l'honneur de soutenir la cause de la duchesse, si bien qu'il fallut tirer au sort les trois chevaliers désireux de combattre pour elle. Des hérauts furent dépêchés en Lorraine, afin de convier le neveu et les deux oncles à se rendre à Tolède pour soutenir leur accusation en champ clos, au jour que le roi avait fixé pour ce combat.

Ils vinrent recouverts d'épaisses cuirasses. Lorsque le peuple de Tolède vit ces arrogants et massifs hommes d'armes, il conçut des craintes pour la duchesse, car les poings énormes et la large carrure de ces colosses faisaient pressentir que celui qui les vaincrait ne manquerait pas de recevoir de rudes horions.

Pendant que le neveu et ses parents entraient d'un côté dans le champ du tournoi, à l'autre extrémité se présenta la belle veuve et sa suite.

Les trompettes sonnèrent et les combattants allaient se mettre en lice, lorsqu'on vit venir au galop un chevalier étranger, la visière baissée, accompagné de deux écuyers et qui réclama comme un droit acquis de combattre les adversaires de la duchesse.

— Je suis, dit-il, le chevalier qui eut le bonheur de délivrer la duchesse du danger qu'elle a couru dans la forêt ; je suis donc cause des tribulations qu'on lui a suscitées. J'ai appris récemment le sort qui la menace et j'accours la venger.

Reconnaissant son libérateur, la duchesse joignit ses instances aux siennes pour qu'il fût admis à entrer en lice. Une difficulté se présenta : celle de savoir quel serait le chevalier qui lui céderait sa place. Ce fut le sort qui en décida. Le neveu, en apprenant que le chevalier qui s'apprêtait à le combattre était celui-là même qui avait délivré la duchesse, eut un éclat de rire insultant. Le chevalier n'y répondit qu'en mettant sa lance en arrêt, prêt à la lutte.

Les trompettes sonnèrent et les deux adversaires fondirent l'un sur l'autre. Le choc fut si violent que les lances volèrent en éclats, mais ni l'un ni l'autre ne fut ébranlé. De nouvelles lances furent apportées et de nouveau ils se heurtèrent l'un et l'autre avec un bruit de tonnerre.

Mais à ce moment, du haut du balcon royal, une acclamation retentit : le redoutable et brutal neveu, frappé au front par la lame de son adversaire, tomba de cheval, ensanglanté et sans connaissance.

Durant ce temps, le combat avait lieu entre les deux oncles et leurs partenaires. Mais ces derniers étaient moins heureux que le chevalier inconnu, car tous deux avaient chancelé sur leur selle, et la victoire allait se déclarer contre eux, lorsqu'au moment décisif le généreux combattant de la duchesse prit leur place, transperça de sa lance l'un des oncles au défaut de la cuirasse et abattit l'autre d'un puissant coup de son glaive.

Les trois accusateurs de la duchesse étendus sans vie sur le terrain, l'honneur de celle-ci et son droit au duché étaient saufs et incontestés.

De tous côtés retentirent des acclamations joyeuses et, lorsque le noble étranger releva sa visière, on reconnut l'un des plus nobles chevaliers de l'Espagne.

On devine ce qui suivit.

La duchesse ne pouvait se montrer ingrate envers son généreux libérateur. Celui-ci lui ayant avec modestie et timidité exprimé le désir d'obtenir sa main, loyalement la jeune veuve la lui accorda.

De ce mariage naquirent une lignée de héros qui furent pendant plusieurs siècles la gloire et l'honneur de la Lorraine.

XV

LES QUATRE FILS AYMON

Les quatre fils du duc Aymon, — Renaud, et ses frères Alard, Guichard et Richard, — viennent d'être armés chevaliers par Charlemagne. Au milieu des réjouissances, Renaud est insulté par un neveu de Charlemagne, Bertolai.

Ripostant, Renaud frappe si rudement Bertolai d'un coup d'échiquier qu'il le tue. On crie : « Aux armes ! » et les quatre frères sortent du palais après avoir fait un grand carnage. Charlemagne assemble son conseil et jure de punir de mort quiconque prendra la défense des quatre frères. Le duc Aymon s'engage par serment à les livrer s'il parvient à s'en emparer.

Après être sortis de Paris, les quatre frères vont faire leurs adieux à leur mère, puis ils se réfugient dans la forêt des Ardennes. Charlemagne dépêche vers eux le duc Aymon. Le duc leur expose que l'empereur exige une victime ; ce sera Richard, le plus jeune des frères. Mais Renaud l'interrompt : « Mon père, dites à l'empereur qu'il n'aura aucun de nous. »

C'est une déclaration de guerre.

Bientôt Alard a son cheval tué dans une rencontre. Renaud le fait monter en croupe sur le sien, le fameux Bayard, un cheval fée, qui acquérait plus d'agilité et de force à mesure qu'on le chargeait.

Mais les quatre frères, traqués de toutes parts, en sont réduits à coucher sous les arbres de la forêt et à se nourrir de racines.

Heureusement, Bayard, en sa qualité de fée, conserve toute sa vigueur : les quatre frères le montent.

Ils vivent sept années de cette vie misérable. Enfin ils se rendent au château de leur père. Leur mère est douce, elle les recevra. Quand ils arrivent, leur père est à la chasse.

Ils trouvent la table servie. La duchesse croit que ce sont de malheureux pèlerins. Elle leur dit : « Mangez, buvez, et priez afin que je retrouve mes chers fils, que je n'ai pas vus depuis sept ans ! » Mais soudain elle reconnaît Renaud à une cicatrice. Elle l'embrasse en pleurant, ainsi que ses trois autres fils. Mais le duc Aymon rentre de la chasse. Il s'informe quels sont ces infortunés. En apprenant que ce sont ses fils, il se refuse à les secourir. Néanmoins, il recommande à sa femme de les soigner, de leur donner de l'or, des armes et des chevaux.

Ils s'en vont vers Bordeaux, où règne le roi Yon. Dans une bataille livrée à Bègue, Renaud fait le roi prisonnier, lequel ne retourne à Toulouse qu'après avoir payé une forte rançon.

Le roi Yon marie sa sœur à Renaud. Les quatre frères élèvent au confluent de la Gironde et de la Dordogne une forteresse qu'ils appellent Montalban.

Charlemagne, passant par Bordeaux, voit la forteresse et se plaint au roi Yon d'avoir accordé l'hospitalité à ses ennemis.

Roland, neveu de l'empereur, veut une monture digne de ses exploits. Il convoite Bayard, le cheval fée. Mais Bayard ne se laisse monter que par Renaud ou par ses frères. Le duc Haimo conseille à l'emrepeur de donner une grande course de chevaux près de Paris.

Le prix de la course est fixé à quatre cents marcs d'or, cent manteaux rayés plus la couronne d'or de Charlemagne placée à l'extrémité du champ de course.

A cette nouvelle, Renaud et ses frères, escortés de cent chevaliers, se mettent en route et arrivent à Paris le jour des courses.

Mais pour déjouer les projets de l'empereur, ils déguisent Renaud et Bayard en les rendant méconnaiseables.

Bayard arrive le premier au poteau. Renaud va s'emparer de la couronne quand Charlemagne lui crie : « Arrête ; descends de ton noble coursier, je le paierai de tous mes trésors. — Que voulez-vous que j'en fasse ? Je suis Renaud et garde mon cheval Bayard ! »

Cela dit, il part à toute vitesse et regagne Montalban avec ses frères. Charlemagne assemble ses pairs et son armée, car il a résolu d'assiéger la forteresse. Le roi Yon s'est laissé gagner par les menaces de l'empereur. Les quatre frères délivrent Richard fait prisonnier et s'emparent de l'aigle d'or enlevée à la tente impériale.

Alors Roland provoque Renaud en combat singulier. Roland tombe de cheval et Renaud le raille sur la nourriture qu'il donne à son coursier Vaillantif.

Le combat continue, mais comme les deux adversaires sont d'égale force, la nuit les arrête bientôt, et les quatre frères font chercher un refuge au château de Dardon, où, après une longue résistance, les quatre fils Aymon sollicitent la paix. Bayard, livré à Charlemagne, est conduit à Liége. Là, une grosse pierre au cou, il est précipité dans la Meuse ; mais il reparaît à la surface de l'eau et en sort.

Il s'enfuit dans la forêt des Ardennes, où, paraît-il, il est encore aujourd'hui. Renaud, après avoir obtenu sa grâce de Charlemagne, s'éloigna de son château.

XVI

SAINT LOUIS RENDANT LA JUSTICE

Grâce à la force morale sur laquelle elle s'appuie, la monarchie en arrive au XIIIe siècle à porter son autorité si haut que chacun, jusque dans les provinces les plus éloignées, la regarde avec crainte, avec affection, avec respect, ce qui lui permet de transformer cette autorité en une source de justice. Hors de la paix du roi, il n'y a ni sécurité, ni liberté.

Juger en ce temps, c'est empêcher la guerre. Le roi est l'*apaiseur*, dit saint Louis, il est le « souverain juge de paix ». Tous les particuliers s'adressaient au roi, qui leur rendait la justice. Il la rendait personnellement et directement partout où il se trouvait, dans le tumulte de la guerre, entouré de son armée, dans les camps, sous la tente.

Chansons de geste et *Chroniques* sont remplies de détails sur la façon dont les rois, depuis Robert le Pieux jusqu'à saint Louis, s'efforçaient de rendre la justice, simplement, sans intermédiaire, dans la « Salle » de leur palais. Car le « Palais » est la demeure suzeraine où siège la justice, et la « Salle » est la pièce du logis où la justice est rendue.

Mais Louis IX rend la justice plus familièrement dans sa chambre, assis au pied de son lit, ou bien à l'ombre d'un chêne du bois de Vincennes, toujours le même, qu'il avait adopté, entouré de ses conseillers.

Les gens qui désiraient voir régler leurs conflits se pressaient à la porte du palais ou autour du chêne. Le roi envoyait vers eux l'un ou l'autre de ses familiers, qui s'efforçaient de les mettre d'accord. Si ces officiers n'y parvenaient pas, il les faisait venir près de lui et leur disait :

— Pourquoi n'acceptez-vous pas ce que nos gens vous offrent.

Et d'aucuns répondaient :

— Sire, c'est qu'ils nous offrent peu.

Et le saint roi s'efforçait de tout son pouvoir à leur faire accepter ce qui était juste et raisonnable.

Ainsi, durant les beaux jours de l'été, il rendait la justice assis sous un chêne du bois de Vincennes, qui, en souvenir du roi, jusqu'au jour où il mourut, fut appelé le « chêne de saint Louis », et remplacé depuis par un monument commémoratif.

Tous ceux qui désiraient être jugés par lui pouvaient l'approcher sans crainte et exposer leur griefs. Il appelait alors l'un de ses conseillers, Pierre de Fontaines ou Geoffroi de Villette, et leur disait :

— Jugez-moi ce différend.

Et quand il voyait quelque chose à corriger dans le jugement, il le disait.

Il en allait de même à Paris dans le jardn du roi, à la pointe du Palais de Justice. Ce témoignage est confirmé par le récit d'un autre chroniqueur contemporain, Jean du Vignay.

Et la foule, qui se pressait autour de lui, accueillait ses sentences par des acclamations. Quant aux principes qui le guidaient en cette répartition de la justice, saint Louis les indique au cours de ses *Enseignements à son fils*.

Pour ses sentences, le roi suivait ce qui lui paraissait l'équité plutôt que des textes législatifs.

Telle fut d'ailleurs, essentiellement, l'œuvre de saint Louis ; c'est en rendant la justice encore et toujours, du matin au soir, en quelque lieu qu'il se trouvât, de quelque question qu'il s'agît, en quelque circonstance qu'il fût placé, c'est en se maintenant obstinément, inlassablement loyal et juste, qu'il gouverna son pays, le soutint dans les moments les plus critiques en honneur et en prospérité, et laissa à ses sujets le souvenir d'un gouvernement idéal.

On connaît cette admirable page de Fléchier sur la justice de saint Louis : « Il écoutait et examinait lui-même les différends de son peuple. Il n'y avait point de barrière entre le roi et ses sujets, que le moindre ne pût franchir. On n'avait besoin d'autre recommandation ni d'autre crédit que celui de la justice, et c'était un titre suffisant pour être introduit auprès du prince que d'avoir besoin de sa protection. L'hstoire représente ce bon roi dans le bois de Vincennes, s'arrêtant pour écouter les plaintes et pour recevoir les requêtes de ses sujets.

« Grands et petits, riches et pauvres, tous pénétraient jusqu'à lui indifféremment dans le temps le plus agréable de sa promenade. Il n'y avait point de différence entre ses heures de loisirs et ses heures d'occupation. Son tribunal le suivait partout où il allait. Sous un dais de feuillage et sur un trône de gazon, comme sous les lambris dorés de son palais, et sur son lit de justice, sans brigue, sans faveur, sans acceptation de qualité et de fortune, il rendait sans délai ses jugements et ses oracles avec autorité, avec équité, avec tendresse : roi, père et juge tout ensemble. »

Entre autres jugements de saint Louis, on cite le suivant :

Un bailli du roi désirait la terre laissée par un chevalier défunt. En présence de deux portefaix qu'il a payés, de nuit, il fait déterrer le mort, le somme de lui vendre sa terre, lui en propose un prix. Qui ne dit mot consent. Quelque monnaie est mise dans les mains du cadavre, replacé ensuite dans sa bière. La veuve porte plainte au roi quand elle voit envahir son domaine.

Le bailli, convoqué par Louis IX, se rend au jugement avec ses deux témoins, qui affirment la réalité de la vente par le défunt. Le roi flaire un subterfuge. Une nombreuse assistance se trouvait comme de coutume en présence du monarque siégeant en son palais.

Saint Louis prend à part l'un des portefaix et lui dit à voix basse :

— Récite le *Pater noster*.

Et, pendant que le portefaix récitait, le roi répétait à voix haute. Quand la prière fut terminée, il ajouta :

— C'est bien, tu dis exactement.

Puis, prenant à part le second témoin :

— Voyons, dis exactement, toi aussi.

Le second portefaix, persuadé que tout est révélé par son camarade, dénonce le stratagème du bailli, que le roi s'empresse de condamner.

Et le chroniqueur, à qui nous devons ce récit, ajoute :

« Ce jugement vaut celui de Salomon. »

XVII

LES VÊPRES SICILIENNES

La révolution populaire, connue dans l'Histoire sous le nom de *Vêpres Siciliennes*, ne fut pas décidée d'avance, à jour fixe. Comme bien d'autres, elle fut imprévue ; mais elle fut l'une des plus mémorables, que la tyrannie ait fait éclater.

Les populations de la Sicile étaient opprimées et, à tel point, qu'il leur fallait secouer ce joug insupportable ou mourir. Une révolution était pressentie, imminente, inévitable, mais nul ne savait quand et comment elle se produirait.

Charles d'Anjou, frère de Saint Louis, était, depuis treize ans, roi de la Sicile, qu'il persécutait. Il avait conquis ce royaume après avoir vaincu, à la bataille de Taghacozzo, le jeune et malheureux Conradin, qu'il fit décapiter sur la place du marché de Naples, le 2 octobre 1269.

Au commencement de l'année 1282, Charles d'Anjou avait formé le projet de conquérir l'Orient pour lui et pour son gendre Philippe, car il ne voulait pas porter en vain les titres de roi de Jérusalem, de prince d'Archaïe et de Morée : il voulait en être le titulaire effectif.

Dans ce but, il se disposait à partir, au printemps de cette même année. Ce furent ses préparatifs qui le perdirent : ses extorsions mécontentèrent ses sujets, car les barons devaient non seulement fournir un contingent d'hommes d'armes, mais encore les fonds et, s'ils tardaient trop, on s'emparait de leurs biens. De sorte que, pour satisfaire aux exigences de Charles d'Anjou, nobles et vassaux, soumis ou non au service militaire, étaient impitoyablement enrôlés. De toutes parts s'élevaient des protestations et des cris de désespoir.

Une solde de trois mois était servie d'avance aux recrues, et il était impossible sur cette faible somme de laisser de quoi vivre aux familles. Pourtant la crainte que Charles inspirait était telle que personne ne songeait à se révolter. Les Siciliens se contentaient d'exprimer leur mécontentement par de vaines et inutiles malédictions.

Cependant, tandis que les préparatifs étaient activement poussés, un des principaux seigneurs de Sicile, banni par Charles d'Anjou, revient secrètement et, secondé par un acolyte, excite les esprits et fomente un soulèvement.

Il montre aux principaux notables les périls qu'ils courent si les choses sont plus longtemps différées et combien le moment est favorable, puisque le roi Charles est occupé à Rome et son fils retenu en Provence.

Jean de Procida fournit des armes aux Siciliens, leur fait entrevoir l'espoir d'une délivrance prochaine et communique à ses compatriotes la haine profonde qu'il nourrit à l'égard des Français.

Mais nul n'osait donner le signal de l'insurrection, lorsque l'occasion se présenta d'elle-même.

Jean de Saint-Rémi était, à Palerme, le justicier pour le roi Charles. Il faisait particulièrement peser un joug oppresseur sur les habitants. Or, aux approches de Pâques, une foule extraordinaire se rendait à Palerme. Il crut prudent de défendre aux Siciliens de porter des armes ; l'usage en fut même interdit aux nobles qui, jusque là, avaient toujours ceint l'épée. Cet excès de précaution précipita le dénouement.

Le lendemain de Pâques, lundi 30 avril 1282, les habitants de Palerme, en grand nombre, s'acheminèrent, pour entendre les vêpres, vers l'église de Mont-Réal, située à une petite distance de la ville. Les hommes et les femmes couvraient le chemin qui conduit à cette église. Les Français, établis à Palerme, prenaient part à cette fête et à la procession.

Les Palermitaines, dispersées dans les prairies avoisinantes, se livraient aux jeux et aux divertissements, lorsqu'une jeune fille d'une grande beauté parut près de l'église, accompagnée de son fiancé et de ses parents. Comme elle arrivait sur la place, la belle Palermi taine attira les regards d'un groupe de soldats provençaux. L'un d'eux, nommé Drouet, s'avança insolemment vers elle, et, sous prétexte de s'assurer qu'elle ne portait pas d'armes, ce qui était défendu, voulut la fouiller.

La jeune fille tomba évanouie dans les bras de son fiancé. Cependant, autour du groupe on s'émeut de tant d'audace ; un jeune Sicilien arrache l'épée de Drouet et lui en donne un coup qui lui traverse le corps. Drouet tombe mort : c'est la première victime de la rage populaire.

De toutes parts on court en tumulte ; des pierres sont lancées ; on se fait des armes de tout, aux cris répétés de : « Meurent les Français ! Qu'ils meurent ! » A ce premier cri de vengeance plus de deux cents Français tombent sous les coups des Siciliens, tandis que les cloches de l'église du Saint-Esprit sonnaient toujours pour l'office des vêpres.

Après ce premier massacre, la foule se précipite vers Palerme. Malgré la nuit qui vient, on cerne les Français dans leurs maisons, et on les égorge ; leurs armes sont pillées ; ceux qui se défendent sont tués. Le carnage dura toute la nuit du 30 mars au 1er avril, et l'on évalue à plus de quatre mille le nombre des Français mis à mort. Seul le gouverneur et sa suite parvinrent à s'enfuir. Les Palermitains allaient en troupes par la ville et tuaient tous les Français qu'ils rencontraient. Leur fureur de vengeance n'épargnait ni les femmes ni les enfants.

L'exemple de Palerme entraîna l'île entière.

La même soif vengeresse arma toutes les mains, le 1er avril dans les villes voisines ; elle gagna la côte septentrionale le 2 et le 3 avril et éclata avec une incroyable violence le 4 avril, à Catane, sur la côte orientale. Le massacre y fut plus impitoyable qu'ailleurs s'il est possible. La même frénésie meurtrière sévit dans l'intérieur des terres.

En huit jours, toute la Sicile ne compta plus un seul étranger.

Tous ceux qui purent échapper à la mort se hâtèrent de se réfugier à Messine auprès d'un lieutenant de Charles d'Anjou qui s'y trouvait en force, prêt à la lutte, à la tête de fantassins et de cavaliers bien armés.

Cependant, dans cette dernière ville, le troisième jour d'avril, les notables de Palerme écrivirent en termes pressants à leurs compatriotes de Messine pour les engager à se soulever.

Herbert d'Orléans, lieutenant de Charles d'Anjou, essaya de les contenir et, dans ce but, il réunit le plus de troupes qu'il put ; mais il ne fit que retarder l'explosion. Elle éclata le 28 avril, et le massacre ne fut pas moins terrible qu'à Palerme. Plusieurs Français pourtant réussirent à se sauver en Calabre et, de ce nombre, fut Herbert d'Orléans.

Telle fut la mémorable révolution populaire connue dans l'Histoire sous le nom de *Vêpres Siciliennes*. Cet élan si spontané surprit et terrifia, étant donnée la puissance que l'on connaissait à Charles d'Anjou, qui, à aucun moment, durant ces terribles événements, n'apparut, de même qu'il ne fit rien pour reconquérir son royaume.

La nouvelle de la révolution de Sicile se répandit rapidement de tous côtés et eut en Europe le plus grand retentissement ; mais en France, l'on s'en montra particulièrement consterné.

XVIII

LE BON CHEVALIER

Jean de Montfort et Charles de Blois se disputaient la Bretagne. Les seigneurs de ce pays avaient pris parti pour l'un ou pour l'autre de ces deux prétendants au duché. Il en résultait des batailles continuelles ; les villes étaient saccagées, les villages détruits. Cette province, naguère prospère, n'offrait plus que le spectacle de la désolation et de la mort, car la terre restait inculte.

Jamais on n'avait vu misère semblable ; car, dit un historien du temps, le plus grand malheur qui puisse arriver à un pays, c'est d'avoir deux rois : autant vaudrait deux soleils à la terre.

Bertrand Duguesclin, quoique jeune encore, commençait son renom de guerrier redoutable. Apprenant que les troupes de Jean de Montfort venaient de s'emparer du château de Fougeray, il dit :

— Il y a trois jours qu'ils en sont maîtres, qu'ils fassent la soupe demain et nous irons la manger à leur place.

Puis, s'adressant à ses hommes :

— Y a-t-il parmi vous quatre gaillards résolus et prêts à me suivre pour un coup hardi à tenter ?

Tous ceux qui l'écoutaient voulurent être de l'expédition.

— Eh Bien, reprit-il, par Notre-Dame, nous irons tous !

Il donna ses instructions, et, trois heures après, quatre bûcherons se trouvaient, à la nuit tombante, sous les créneaux du château du Fougeray.

— Holà, hé ! crièrent-ils à la sentinelle, abaissez la herse ; voici deux charrettes de bon bois pour passer l'hiver ; et elles doivent être les bienvenues, car le seigneur de Craon, qui vous commande, a envoyé un varlet donner l'ordre d'apporter ici du bois sur l'heure.

Sans défiance, la sentinelle appela un autre homme d'armes afin de l'aider à lever la herse.

Alors les quatre faux bûcherons firent avancer leurs voitures, mais à peine étaient-elles sous la voûte, que l'une des roues se brisa et que la voiture tomba sur le côté.

— Le diable d'enfer vous garde la gorge ! s'écria l'un des hommes d'armes. Cette herse ne pourra pas avant un quart d'heure fermer cette porte.

— Et quand elle la fermera, ce ne sera pas toi qui seras chargé de ce soin, répliqua un des bûcherons en frappant l'homme d'un tel coup de dague qu'il tomba mort.

Aussitôt un léger coup de sifflet se fit entendre. C'était le signal qu'attendaient, dans un bois voisin, deux cents hommes embusqués.

Moins d'une demi-heure après, suivant les paroles de Duguesclin, ses soldats mangeaient la soupe qu'avaient préparée dans le château de Fougeray les cuisiniers du comte de Montfort.

Après souper, le chevalier Bertrand voulut, ainsi qu'il en avait l'habitude, visiter les prisonniers, afin de relâcher les gens de petite condition, et ne garder que ceux qui pouvaient payer rançon. Parmi les premiers, il reconnut, sans peine Jacques Plougastec, un camarade d'enfance de Duguesclin et qui avait sauvé la vie à ce dernier. Le faisant avancer, il lui dit :

— Ecoute, que je t'apprenne le sort que je te réserve.

Jacques crut que sa dernière heure était arrivée.

— Je te donne, reprit Duguesclin, la plus belle ferme de la châtellenie de Fougeray ; je te donne cinquante bœufs à ton choix, et deux cents arpents de terre, sans compter que je ferai graver en grosses lettres, sur la porte, cette inscription accompagnée de mon blason :

SOUS LA PROTECTION DU CHEVALIER BERTRAND DUGUESCLIN

Et il ajouta durement :

— Gare à qui s'avisera d'y toucher, il s'en repentira. Je jure par Notre-Dame que je tiendrai parole.

Hébété, stupéfait, Jacques Plougastec regardait le chevalier, car il croyait rêver.

— Tu ne te souviens donc plus, reprit Duguesclin, d'un mauvais petit gars qui tuait tes poules, volait tes pommes et tourmentait les buffles ? Tu ne te souviens donc plus qu'au lieu d'aller le dénoncer à sa mère tu te contentais de dire : « C'est de son âge, c'est la jeunesse qui veut ça : cela lui passera. » Tu ne te souviens donc plus que sans ta présence d'esprit et ton courage, je serais mort, occis par le plus gros vilain buffle que j'aie jamais vu ? Ce méchant garçon t'a promis alors de venir à ton aide en toute circonstance. Le moment est venu. Sois donc heureux, et si jamais quelqu'un touche au bien que je te donne, viens me trouver.

En 1359, Bertrand Duguesclin défendait Dinan, assiégé par le duc de Lancastre. Une trêve venait d'être conclue, suivant un usage assez répandu à cette époque, suspendant les hostilités, afin de permettre aux combattants des deux partis de réparer leurs forces et de vaquer à leurs affaires les plus importantes.

Les troupes des deux camps ennemis, pour occuper les loisirs que leur laissait la trêve consentie, jouaient à armes courtoises, en attendant l'heure de combattre à armes meurtrières. Duguesclin n'était pas le dernier à prendre part à ces divertissements guerriers.

Un jour qu'il s'y rendait, en compagnie d'écuyers et d'hommes d'armes, un prisonnier, pâle, souffrant et chargé de fers, vint se jeter à ses pieds en criant aide et merci. Duguesclin reconnut en cet homme son protégé Jacques Plougastec.

— Monseigneur, s'écria-t-il, prenez-moi en pitié, ils ont tué ma femme et mes enfants et ont brûlé ma ferme, en disant : « Nous te ferons souffrir d'autant plus que tu es le protégé de Bertrand Duguesclin. »

— Et qui donc a parlé de la sorte ?

— Les gens de sire Thomas de Cantorbéry et lui-même.

— Ah ! ah ! fit le chevalier sans paraître s'émouvoir. Nous avons déjà un compte à régler ensemble depuis qu'il a essayé de faire mon jeune frère prisonnier, malgré la trêve jurée ; nous allons bien voir...

En disant ces paroles, il dirigea son cheval vers la tente du duc de Lancastre.

— Monseigneur, fit-il, nous devions avoir un tournoi et je viens vous proposer un duel, un combat à mort... pour deux insultes que m'a faites le sire Thomas de Cantorbéry.

Il y a huit jours, il fit prisonnier mon jeune frère, presque un enfant, sorti sans armes de Dinan, sur la foi de la trêve convenue. Vous m'avez accordé justice, en exprimant le désir que le combat n'eût pas lieu. Mais aujourd'hui j'apprends qu'un homme, placé sous ma protection, a été, toujours en dépit de la trêve, pillé, ruiné et emmené prisonnier, par ce même Thomas de Cantorbéry. Je le défie au combat et que Dieu soit en aide au bon droit.

Le duc de Lancastre, cédant aux sollicitations de Duguesclin, décida que la rencontre aurait lieu sur-le-champ.

On se rendit à l'emplacement choisi pour le tournoi et où se trouvait déjà rassemblée toute la noblesse des deux armées. Un héraut annonça que monseigneur Bertrand Duguesclin réclamait le combat à outrance contre sire Thomas de Cantorbéry. Alors ce dernier parut dans l'arène, et bientôt le cri : « Laissez aller », retentit.

Les deux adversaires s'élancèrent l'un contre l'autre et leurs lances furent rompues ; puis sautant à bas de leurs chevaux, ils combattirent corps à corps. La lutte fut longue et terrible : les deux jouteurs étant également adroits et de même force.

Soudain, par une feinte habile, Thomas de Cantorbéry porta sur la tête de Duguesclin un si formidable coup de hache que le casque du chevalier breton en fut brisé, laissant le crâne à découvert.

Jacques Plougastec, qui assistait à cette lutte épique, crut que son protecteur était perdu, et il sentit son cœur défaillir.

Mais, rapide comme l'éclair, Duguesclin se jeta sur son adversaire, ébranlé par le coup qu'il avait donné, et, introduisant le fer de sa hache dans la visière de Thomas de Cantorbéry, il l'attira à lui et l'étendit sur l'arène ; puis, posant un pied sur sa poitrine, il cria d'une voix forte :

— Ah ! messire, vous avez voulu m'insulter et toucher à qui se recommandait à la loyauté même de mes ennemis, eh bien ! je vous déclare, en présence de tous, traître et félon, bon à combattre des enfants et des vassaux sans armes.

Comme Thomas de Cantorbéry étouffait sous sa visière et allait périr, les hérauts d'armes s'avancèrent pour lui ôter son casque.

— Non, point vous autres ! s'écria Bertrand Duguesclin. Que personne n'y touche ! C'est à celui qu'il a outragé à lui donner la vie, s'il le juge à propos.

Holà ! mon brave Jacques Plougastec, venez ici, et voyez ce que vous voulez faire de ce chevalier qui a, au mépris de la trêve, tué votre femme et vos enfants, et vous a amené prisonnier ici, poings et pieds liés. Prenez une dague et donnez-lui le coup de grâce, ou mettez-le à rançon, aussi forte qu'il vous plaira, et je jure sur Dieu et sur notre Dame qu'il paiera.

— Son sang seul, répondit Jacques Plougastec, peut payer le sang de mes enfants et de ma femme, mais qu'il ait la vie sauve.

Le chevalier Thomas de Cantorbéry put enfin se relever, au milieu des huées et des cris insultants de tous les spectateurs. Le duc de Lancastre lui intima l'ordre formel de retourner en Angleterre. Il exigea en outre que la maison de Jacques Plougastec fût rebâtie aux frais du sire de Cantorbéry, et il ordonna à ses troupes de la respecter, quelles que fussent les chances de la guerre.

Deux siècles après la mort du brave chevalier, elle subsistait encore, avec cette inscription en anglais, en français et en bas-breton :

Sous la protection du chevalier Bertrand Duguesclin.

XIX

LES BOURGEOIS DE CALAIS

Après la malheureuse bataille de Crécy, en 1346, par laquelle les Anglais remportèrent une victoire complète sur les Français que commandait le roi Philippe VI en personne, Edouard III, roi d'Angleterre, tourna toutes ses forces contre Calais dont il voulait s'emparer. Il bloqua la ville pendant onze mois. Jean de Vienne, chevalier bourguignon, gouverneur de cette importante place, la défendit avec une intrépidité et un courage héroïques.

Cette malheureuse cité finit par être réduite aux pires extrémités : les assiégés mouraient de faim, les chats et les souris, après leur avoir servi de nourriture, firent défaut. Sans espoir de secours, dans l'impossibilité de se défendre davantage, poussés à bout, les malheureux Calaisiens demandèrent enfin à capituler. Mais, irrité d'une aussi longue résistance, Edouard ne voulut pas au début entendre parler d'aucune proposition.

Ce ne fut que, sur les vives supplications de ceux qui l'entouraient, qu'il s'humanisa, car il demandait que les habitants se rendissent à discrétion. Gautier de Manni, le modèle de ses chevaliers, s'efforça de lui inspirer plus de clémence.

— Monseigneur, lui dit-il avec une noble fierté, vous pourriez bien avoir tort, car vous nous donnez un fort mauvais exemple.

Plusieurs autres seigneurs joignirent leurs insistances aux siennes et le roi promit de faire grâce aux Calaisiens, à la condition que six des plus notables vinssent, tête et pieds nus et la corde au cou, lui apporter les clefs de la ville et se dévouer pour leurs concitoyens. Gautier de Manni fut chargé par le souverain anglais de porter aux infortunés assiégés ces ordres cruels.

Tous les habitants, rassemblés sur la place, ne les eurent pas plus tôt entendus qu'ils demeurèrent frappés de stupeur. Une poignante incertitude glaçait les cœurs d'effroi ; chacun se demandait, avec terreur, quelles seraient les six malheureuses victimes exigées par la colère d'Edouard ; si même on les rencontrerait, et, dans ce cas, quels seraient les citoyens héroïques qui se dévoueraient pour le salut de tous. Des cris lugubres, entrecoupés de sanglots et de gémissements, rompirent soudain l'effrayant silence qui planait sur la ville. Gautier de Manni, témoin de ce spectacle désolant, ne pouvait retenir ses larmes.

Cependant le moment fatal approchait. Il fallait se décider. Tout à coup, du milieu de ce peuple vaincu par la douleur, consterné, abattu, un homme, un héros, dont le nom doit vivre éternellement dans la mémoire des Français, Eustache de Saint-Pierre, le plus riche bourgeois de la ville, se présente le premier et interrompt, par ces paroles, le désespoir de ses concitoyens :

— Seigneurs, grands et petits, ce serait un véritable crime que de laisser mourir le peuple qui nous environne de famine ou de toute autre manière, quand on peut l'éviter : ce serait au contraire une action méritoire de le sauver ; j'ose donc espérer qeu j'aurai ce bonheur, et je me sacrifie le premier pour le salut de tous.

La reconnaissance qu'on lui témoigne égale le désespoir qui accable les malheureux habitants de Calais. Eustache de Saint-Pierre trouve des émules et son noble exemple suscite d'autres dévouements ; son cousin, Jean d'Aire, vient se placer à son côté ; ils sont bientôt rejoints par deux frères, Jacques et Pierre de Wisant ; enfin deux autres courageux citoyens, dont l'histoire, par une coupable négligence, a omis de conserver les noms, les imitent et complètent le nombre des victimes fixé par le roi d'Angleterre.

Jean de Vienne, épuisé de fatigues et de privations, conduisit hors des portes de la ville ces six victimes, qui s'étaient si généreusement dévouées pour leur cité. Il les remit à Manni, en le conjurant d'intercéder pour eux auprès de son maitre.

Ils parurent devant Edouard et lui remirent humblement les clefs de la ville. Leur magnanimité provoqua l'admiration et la pitié des barons et chevaliers anglais qui entouraient le roi. Seul de tous les assistants de cette scène déchirante, il resta insensible. Edouard, regardant ces citoyens d'un œil courroucé, ordonna de leur trancher la tête sur l'heure. C'est en vain que le prince de Galles et les seigneurs intercédèrent en leur faveur : le roi se montra inexorable.

— Qu'on fasse venir le bourreau ! s'écria-t-il d'une voix terrible.

Les illustres infortunés allaient être exécutés, et le roi Edouard aurait entaché sa victoire par un acte de cruauté et d'inutile vengeance, lorsque la reine tenta un dernier effort pour apaiser la colère de son époux. Elle se jeta à ses genoux et, tout en larmes, implora la grâce de ces malheureux.

— Ah ! Sire, lui dit-elle, je vous prie humblement que, pour l'amour de moi, vous veuillez pardonner à ces six hommes.

Le monarque, à sa vue, baisse les yeux, garde un instant le silence, puis il répond :

— Ah ! Madame, j'aimerais mieux que vous fussiez ailleurs qu'ici ; mais vous me priez, je ne puis vous refuser ; je vous les abandonne.

Aussitôt, la généreuse et compatissante reine les emmène, leur fait servir à manger et donner des vêtements, puis reconduire sous la garde d'une escorte nombreuse après leur avoir remis à chacun six pièces d'or. Mais ils durent, ainsi que tous leurs concitoyens, quitter Calais sur l'ordre d'Edouard.

Cette ville maritime ne fut reconquise par les Français qu'au mois de janvier 1558.

XX

LE GRAND-FERRÉ

Au petit village de Rivecourt, près de Compiègne, vivait un paysan d'une force incroyable, d'une corpulence et d'une taille énormes, plein de vigueur et d'audace, mais ayant de lui une humble opinion.

Il s'appelait le Grand-Ferré ; il était devenu l'auxiliaire et comme le second d'un capitaine, grand et bel homme, qu'on nommait Guillaume des Alouettes et qui s'était distingué contre les Anglais en 1358, durant la guerre de Cent ans.

Le Grand-Ferré avait déjà vaillamment défendu le château de Longueil, près de Creil, que les Anglais avaient essayé de surprendre. Pendant le siège, le Grand-Ferré avait dit aux assiégés : « Sortons de la forteresse et vendons chèrement notre vie, car il n'y a pas de merci à attendre. »

Ils s'avancent donc hors du château et frappent sur les Anglais comme s'ils battaient leur blé dans l'aire de leur grange.

Le Grand-Ferré, voyant son capitaine blessé, se porte au devant des Anglais qu'il dépassait de toute la tête, maniant sa lourde hache si habilement, frappant si fort qu'il faisait place nette autour de lui.

Voyant cela, les Anglais s'enfuirent et dans la débandade plusieurs sautent dans le fossé plein d'eau où ils se noient. Le Grand-Ferré tue leur porte-enseigne et dit à un de ses camarades de porter la bannière anglaise dans le fossé. L'autre lui montre qu'il y a encore une foule d'ennemis entre eux et le fossé.

— Suis-moi donc, crie le Grand-Ferré.

Et il se mit à marcher devant, jouant de la hache à droite et à gauche, jusqu'à ce que la bannière eût été jetée à l'eau. Il avait tué ce jour-là plus de cent hommes.

Quant au capitaine Guillaume des Alouettes, il mourut de ses blessures, et ses soldats l'enterrèrent en pleurant, car il était sage et bon.

Les Anglais furent encore battus une autre fois par le Grand-Ferré. Mais, s'étant échauffé durant le combat, il but de l'eau froide en quantité et fut pris de fièvre. Il regagna sa cabane et se mit au lit, non toutefois sans garder près de lui sa hache de fer qu'un homme ordinaire avait peine à soulever.

Les Anglais ayant appris qu'il était malade, envoyèrent douze hommes pour le tuer. Sa femme, les voyant venir, se mit à crier :

— Ah ! mon pauvre grand, voici les Anglais !

Oubliant son mal, il se lève, saisit sa hache et sort dans sa cour, puis, s'adossant au mur, il tue cinq Anglais ; les autres s'enfuient. Il but encore de l'eau froide, se remit au lit et mourut quelques jours après.

XXI

LE CHIEN D'AUBRY

Sous le règne de Charles V, un nommé Aubry de Montdidier, passant seul dans la forêt de Bondy, est assassiné et enterré au pied d'un arbre. Son chien reste plusieurs jours sur la fosse et ne la quitte que pressé par la faim.

Cependant, au bout de quelque temps, le chien vient à Paris chez un ami intime du malheureux Aubry et, par ses hurlements, semble lui annoncer la perte qu'ils ont faite. On lui donne à manger puis, dès qu'il est rassassié, il recommence ses cris, va à la porte et tourne la tête pour voir si on le suit. Voyant que son manège reste sans résultat, il revient à l'ami de son maître et le tire par son habit comme pour lui indiquer de le suivre.

La singularité des mouvements de ce chien, sa venue sans son maître, qu'il ne quittait jamais, firent que l'on suivit la bête. Dès qu'il fut au pied de l'arbre, il redoubla ses cris, en grattant la terre. On fouilla et l'on trouva le corps du malheureux Aubry.

Quelque temps après, le chien reconnut, par hasard, l'assassin que tous les historiens appellent le chevalier Macaire. Il lui sauta à la gorge et l'on eut peine à lui faire lâcher prise. Chaque fois qu'il le rencontre, il l'attaque et le poursuit avec la même fureur. L'acharnement de ce chien, qui n'en veut qu'à cet homme, commence à paraître extraordinaire.

Le roi, instruit des bruits qui couraient au sujet de cette affaire, fait venir le chien qui demeure tranquille jusqu'au moment où il aperçoit Macaire au milieu d'un groupe de courtisans ; mais alors il aboie, tourne, avance et cherche à se jeter sur lui.

Dans ce temps-là, on ordonnait le combat entre l'accusateur et l'accusé, lorsque les preuves du crime n'étaient pas convaincantes. On appelait ces sortes de combats le *jugement de Dieu* parce qu'on était persuadé que le ciel aurait plutôt fait un miracle que de laisser succomber un innocent.

Cette manière de penser, très religieuse sans doute, mais fort peu raisonnable, a dû faire triompher et passer pour les plus honnêtes gens du monde bien des bandits, robustes et habiles guerriers.

Le roi, frappé de tous les indices accumulés contre Macaire, ordonna le duel entre le chevalier et le chien. Le combat eut lieu dans l'île Notre-Dame, qui était alors un terrain vague et désert. Macaire était armé d'un gros bâton ; le chien avait un tonneau ouvert d'un côté pour lui servir d'asile en cas de retraite.

On le lâche. Il court aussitôt sur son adversaire autour duquel il tourne, évite ses coups, le menace tantôt d'un côté, tantôt d'un autre, s'avance, se recule, le fatigue ainsi que le ferait un combattant ordinaire. Puis, soudain, prenant son élan, il bondit à la gorge de Macaire et le renverse, l'obligeant ainsi à faire l'aveu de son crime, en présence du roi et de toute la cour.

Le souvenir de l'intelligence et de l'incroyable fidélité de ce chien fut conservé à la postérité par une scène rappelant ce spectacle mémorable gravée sur la cheminée de la grande salle du château de Montargis.

XXII

LA NAISSANCE DE JEANNE D'ARC

En l'année 1412, dans la nuit du 6 janvier, au petit village de Domrémy, du bailliage de Vaucouleurs, tout sommeillait sur les bois voisins, sur la vallée environnante, sur la rivière proche.

Par cette calme nuit d'hiver, les heures se succédaient lentement aux logis clos, tandis qu'aux étables tout reposait dans un calme parfait ; bêtes et gens sommeillaient ; le silence était absolu et la paix profonde dans la nuit sereine.

Seule, à l'une des fenêtres d'une maison basse située près de l'église de Domrémy, une petite lumière brillait faiblement, telle une étoile au firmament.

Un peu après minuit, un certain va-et-vient se manifesta dans l'humble chaumière ; des ombres passèrent et repassèrent devant la fenêtre de la pièce éclairée.

Aussitôt, dans une basse-cour, un coq chanta, auquel un second répondit d'une ferme voisine, puis un autre et d'autres encore : rien que de très ordinaire, en somme.

Mais, en cette circonstance, tous les coqs du village menèrent en leur poulailler un vacarme inaccoutumé et, chose plus extraordinaire, les poules elles-mêmes sur leurs perchoirs battaient des ailes à qui mieux mieux et se démenaient sans cause apparente.

Mais ce qui est plus étrange encore, c'est que des étables proches de longs meuglements sortaient et aux écuries les chevaux hennissaient et piaffaient sans qu'on pût en trouver la raison. Dans les bergeries, les moutons bêlaient, et leurs cris ne ressemblaient en rien à ceux que produit l'épouvante causée par l'approche du loup ou du renard. Ces rumeurs confuses étaient plutôt l'indice de la joie, car ces cris et ces chants ressemblaient à un hymne de triomphe et paraissaient fêter une victoire.

Ces bruits insolites, au milieu de cette nuit de janvier, réveillèrent en sursaut les habitants du village. Curieusement, des gens à demi-vêtus, arrachés à leur sommeil, sortaient de leurs maisons pour s'informer sur les causes de ces rumeurs inexplicables.

D'une porte à l'autre, les villageois s'appelaient et s'interrogeaient, une lanterne à la main.

— Dites-moi, voisin, qu'y a-t-il ?

— Je n'en sais rien.

— Hé ! compère ! que se passe-t-il ?

— J'allais justement vous le demander : je l'ignore comme vous.

Chacun questionnait anxieusement, car personne ne savait rien de ce qui se passait.

D'aucuns examinaient attentivement le ciel pensant y voir s'accomplir un phénomène extraordinaire. Mais nul signe ne se percevait au firmament, où les astres paisiblement poursuivaient leur cours ordinaire dans les abîmes mystérieux de la voûte azurée.

Toutefois, peu à peu, les bruits étranges s'apaisèrent ; les bêtes se turent et le calme revint. Alors les esprits calmés par cette alerte produite sans cause apparente, les gens rassurés, l'un après l'autre, réintégrèrent leurs logis, dont ils refermèrent soigneusement les portes.

Cependant, d'une maison voisine de l'église, un homme était sorti, lui aussi, comme les autres, attiré par tout le bruit causé et les appels dans la nuit.

A un voisin qui regagnait sa demeure, il adressa la parole :

— Qu'y a-t-il donc, voisin, et pourquoi ce vacarme ?

— Je ne sais, répondit l'interpellé, et personne ne peut le dire. Il semblerait que toutes nos bêtes viennent d'être soudainement prises d'un accès de folie. C'est incompréhensible et inexplicable. Et chez vous, compère, rien de nouveau ?

— Hé si ! un troisième enfant vient tout à l'heure de naître.

— Ah ! fille ou garçon ?

— C'est une adorable fillette que nous appellerons Jeanne.

— Tous mes souhaits, mon compère, et bonne nuit, car il ne fait pas chaud à cette heure.

Et se séparant, les deux voisins rentrèrent.

Dans un grossier berceau fait de planches jointes à l'aide de gros clous, celle qui devait être plus tard l'immortelle Jeanne d'Arc reposait paisiblement, son jeune visage faiblement éclairé par une petite lampe accrochée au manteau de la cheminée.

Près de la mère endormie dans l'ombre du grand lit familial, une voisine, assise sur un escabeau, veillait. L'homme, le mari, le père, revenant du dehors, se pencha sur le berceau, et contempla un instant la frêle créature dont la vie commençait.

Au dehors, sur les champs, les bois et les prairies, les étoiles brillaient d'un éclat incomparable. L'air bruissait légèrement dans les branches sans feuilles de la forêt ; on percevait au loin comme des sons étranges de voix chantantes ; sur la rivière aux bords sinueux, des vapeurs blanchâtres semblaient traîner mollement, et là-haut, dans le ciel limpide, trônait la lune, glorieux astre des claires nuits d'hiver ; des visions surnaturelles paraissaient peupler l'espace infini, et sur cet ensemble calme et poétique, planait la foi naïve du moyen âge.

En cette nuit de l'Epiphanie, au petit village de Domrémy, situé aux confins de la Champagne et de la Lorraine, Jeanne d'Arc, qui devait délivrer la France de l'invasion anglaise, venait de naître...

XXIII

LA PRISE DE CONSTANTINOPLE

Le sultan d'Asie, Mahomet II, en 1453, résolut de prendre Constantinople.

Une nuit, il fit appeler son vizir Kali-Pacha et lui dit :

— Regarde ce lit en désordre, où je me tords sous le feu qui me consume : plus de repos pour moi, plus de sommeil que lorsque je serai dans la capitale des Grecs ! Donne-moi Constantinople !

En trois mois, il fit construire sur la rive européenne du Bosphore le château appelé le *Coupe-Gorge*, en face d'une forteresse bâtie par Bajazet sur la rive asiatique : dès lors les communications de Constantinople avec la mer Noire étaient rompues.

L'empereur Constantin Dragosès adressa quelques réclamations. « Les deux rivages sont à moi, répondit Mahomet ; celui de l'Asie parce qu'il est habité par les Ottomans ; celui d'Europe parce que vous ne savez pas le défendre. »

Le 6 avril 1453, Mahomet, qui avait terminé ses préparatifs, arbora l'étendard du prophète en face de la porte Saint-Romain ; l'aile droite, composée de cent mille Asiatiques, s'étendait jusqu'à la porte Dorée ; l'aile gauche, qui comptait cinquante mille Européens, se prolongeait jusqu'au port de la Corne d'Or ; au centre se tenait le sultan, entouré de quinze mille janissaires ; en seconde ligne étaient cent mille cavaliers.

Une flotte de quatre cents bâtiments bloquait la rade ; une formidable artillerie dressait partout ses batteries. Contre tant d'ennemis, quels étaient les défenseurs de l'empire ?

Lorsque Constantin ordonna de faire le recensement des citoyens en état de combattre, cinq mille Romains à peine donnèrent leurs noms. Gênes, qui avait des intérêts à défendre, envoya Guistiani avec quatre galères et deux mille hommes.

Foudroyée par l'artilllerie, criblée de flèches, battue par les machines, minée par les galeries souterraines, incendiée par les torches qui partaient des tours roulantes. Constantinople résistait avec un courage qui excitait l'étonnement et la rage du sultan.

Il résolut d'attaquer le port où les murailles étaient moins élevées et moins épaisses ; mais deux chaînes de fer défendaient d'entrée ; il fit placer sur l'isthme de Galata un plancher enduit de graisse, et en une nuit quatre-vingts bâtiments furent tirés à force de bras et lancés dans le port. Au point du jour, les Grecs, apercevant cette flotte, comprirent que leur ruine allait s'accomplir.

Le sultan, jurant que le Coran allait triompher, ordonna un assaut général pour le 29 mai ; il fit illuminer son camp, qui retentit toute la nuit de clameurs sauvages. A une heure du matin, on entendit le bruit sourd d'une multitude qui s'avançait en silence et s'approchait des remparts.

Pendant plusieurs heures, la défense fut aussi énergique que l'attaque. Mais quand les cadavres eurent comblé les fossés, Mahomet, à cheval, le bâton de commandement à la main, frappant de mort tout ce qui reculait, lança ses janissaires.

La porte Saint-Romain s'écroula, l'artillerie des galères, celle des batteries couvrirent les murs de boulets ; assiégeants et assiégés se mêlèrent sur les décombres, et tout disparut dans un nuage de poussière et de fumée.

Constantin, entouré des cadavres de ses parents et de ses amis, se jeta au milieu des janissaires et périt avec son empire. Le massacre succéda à la victoire : quarante mille Grecs furent tués, soixante mille réduits en esclavage, et le sultan prit possession du palais impérial.

A la vue de ces ruines immenses, il ne put retenir un mouvement de pitié. « L'araignée, s'écria-t-il en citant un poète persan, s'établit comme gardienne dans le palais des empereurs, et tire un rideau sur la porte ; la chouette fait retentir les voûtes royales de son chant lugubre. »

XXIV

LOUIS XI

Louis XI, étant au château de Plessis, près de Tours, descendit vers le soir dans les cuisines, où il trouva un enfant de quatorze à quinze ans qui tournait la broche. Ce garçon, doué d'une figure agréable, avait la mine éveillée et intelligente et paraissait capable d'occuper un autre emploi.

Le roi lui demanda d'où il était et ce qu'il gagnait. Le jeune marmiton, ignorant la qualité de la personne qui lui parlait, répondit sans embarras :

— Je suis du Berry, je m'appelle Etienne, marmiton de mon métier, et je gagne autant que le roi.

— Que gagne le roi ? lui demanda Louis XI.

— Ses dépenses, reprit Etienne, et moi les miennes.

Cette réponse ingénieuse et spirituelle lui valut les bonnes grâces du roi, dont il devint le valet de chambre et qui fit fortune dans la suite.

Quelqu'un s'étant adressé à Louis XI pour le supplier de lui accorder un emploi vacant dans la petite ville qu'il habitait, le roi, après l'avoir écouté, lui dit nettement qu'il n'y avait rien à espérer, qu'il ne lui accorderait pas ce qu'il demandait.

Le solliciteur, en se retirant, se confondit en remerciements et parut partir d'un air satisfait. Louis XI, surpris, pensa que cette satisfaction et ces remerciements provenaient d'une méprise. Il le fit rappeler pour lui demander s'il avait bien entendu ce qu'il lui avait dit :

— Oui, sire, j'ai parfaitement entendu que vous me refusiez la grâce que j'avais eu l'honneur de vous demander.

— Alors, reprit le roi, pourquoi ces remerciements empressés et l'air gai que je vous vois ?

— Au sujet de votre bonté, sire.

— De ma bonté ! Quelle bonté ! puisque je vous ai renvoyé sans vous rien accorder.

— C'est celle de m'avoir refusé sans tarder, et de m'avoir mis, par ce prompt refus, à même de retourner aussitôt dans ma province, sans suivre inutilement votre cour et y faire des dépenses au-dessus de mes moyens.

La réponse plut au roi, qui reconnut avoir affaire à un homme d'esprit et de bon jugement. Il lui adresse quelques questions afin de se rendre compte si l'opinion qu'il en avait conçue était réellement fondée. L'examen ayant été satisfaisant, le roi lui dit :

— Allez ; je vous accorde à présent ce que je vous avais refusé ; je veux que vous me remerciez doublement. On va vous envoyer des provisions de la charge dont vous êtes le titulaire.

Louis XI ordonna que sa décision fût exécutée sans retard afin que celui à qui il avait accordé sa faveur obtînt prompte satisfaction.

Louis XI était humble en paroles. Philippe de Comines raconte qu'il parlait indistinctement à toutes sortes de personnes. Il répondait ordinairement aux reproches que l'on faisait de ne pas assez garder son rang et sa dignité : « Lorsque l'orgueil chemine devant, honte et dommage suivent de bien près. »

Ce roi dédaignait tout faste extérieur. Il était toujours négligé dans sa toilette. Lors d'une entrevue avec Henri IV, roi de Castille, qui affectait beaucoup de magnificence, il s'y montra vêtu d'un habit de gros drap et la tête couverte d'un vieux chapeau où l'on voyait attaché une Notre-Dame de plomb.

Louis XI avait coutume de dire que tout son conseil était dans sa tête, parce qu'il ne consultait personne. L'amiral de Brézé, le voyant monter sur un petit cheval, dit à quelques personnes qui l'entouraient :

— Il faut que ce cheval soit plus fort qu'il ne paraît, puisqu'il porte le roi et son conseil.

XXV

FRANÇOIS Ier

« Le palais d'un roi, disait François Ier, doit être ouvert à tous ses sujets, car ils sont ses enfants. Nous sommes obligés d'écouter en tout temps et en tout lieu les requêtes qu'ils nous adressent et d'y faire droit si elles sont justes. »

Ce monarque apprit qu'un de ses officiers se plaignait de ce que le roi accablait de faveurs des gens fort riches qui eussent pu aisément se passer de ses libéralités, tandis qu'il ne faisait rien pour lui qui aurait tant eu besoin d'être secouru ; il le fit venir et lui dit :

— Je sais que vous vous plaignez de moi. Tenez, voici deux bourses égales : l'une est pleine d'or, l'autre ne contient que du plomb ; choisissez ; nous verrons si ce n'est pas plutôt à la fortune qu'à moi que vous devez vous en prendre.

L'officier obéit et prit malheureusement la bourse remplie de plomb.

— Eh bien ! reprit le roi, de qui dépend-il que vous ne vous enrichissiez ?

A cette réflexion il joignit le don des deux bourses.

S'étant un jour égaré à la chasse, François Ier entra vers le soir dans la cabane d'un charbonnier. Le maître en étant absent, il ne trouva que la femme assoupie près du feu. C'était à l'entrée de l'hiver et il avait plu. Le roi demanda à souper et l'hospitalité pour la nuit. L'un et l'autre lui furent accordés, mais pour souper il fallut attendre le retour du mari. Afin de passer le temps, François Ier s'assit sur l'unique et mauvaise chaise de la maison.

Vers huit heures arriva le charbonnier, las de son travail, affamé et trempé de pluie. Les présentations ne furent pas de longue durée. L'épouse exposa à son mari la demande de l'inconnu, et la promesse du souper et du gîte fut ratifiée.

A peine eut-il salué son hôte et secoué son chapeau tout mouillé que, prenant la place la plus commode et le siège que le roi occupait, il lui dit :

— Monsieur, je prends cette place, parce que c'est celle où je m'assieds d'habitude, et cette chaise parce qu'elle est à moi. Or, par droit et par raison, charbonnier est maître en sa maison.

François Ier approuva le proverbe rimé ; de fort bonne grâce il s'assit ailleurs sur un escabeau de bois, et tous les trois se mirent à table pour le souper. On parla des affaires du temps, de la misère présente, des impôts écrasants. Le charbonnier aurait voulu un royaume sans subsides : le roi eut bien de la peine à lui faire entendre raison.

— Bon, fit le charbonnier, j'admets votre raisonnement, mais cette grande sévérité pour la chasse, l'approuvez-vous aussi ? Je vous crois honnête homme et je pense que vous ne me perdrez pas. J'ai là un morceau de sanglier qui en vaut bien un autre ; mangeons-le, mais surtout n'en parlez point.

Le souverain, à cet aveu, sourit, mangea de grand appétit, se coucha sur un lit de feuilles et dormit bien. Le lendemain, il se fit connaître, paya royalement l'hospitalité reçue et accorda au charbonnier le droit de chasser.

Se trouvant dans une ville de Provence, François Ier logea chez un particulier dont la jeune fille lui avait présenté les clefs de la ville. C'était une personne d'une rare beauté et d'une vertu plus rare encore.

S'étant aperçue qu'elle avait produit sur l'esprit du monarque une impression que celui-ci n'avait pu dissimuler, elle mit en cachette du soufre dans un réchaud et s'enfuma le visage afin de se défigurer, ce qui lui réussit, au point de la rendre méconnaissable.

François Ier fut vivement frappé de ce trait de vertu, car le plaisir de plaire à un roi lui paraissait d'autant plus sensible à un âge où cette envie est fort naturelle. Le souverain, en signe d'estime et en dédommagement de sa beauté perdue, assura à la jeune fille une somme considérable pour sa dot.

Ce monarque eût été le plus grand des rois si la trop haute opinion de lui-même que lui donnèrent ses brillantes qualités et les flatteries de ses courtisans ne lui eussent gâté l'esprit, porté aux vaines et inutiles dépenses ainsi qu'aux fastueuses apparences.

Ce ne fut que dix ou douze ans avant sa mort qu'il ouvrit ses yeux et s'aperçut qu'il ne gouvernait pas et qu'il n'y avait que son nom qui agissait. Il résolut de se dégager des filets de ses adulateurs.

La première preuve qu'il en donna fut la manière noble et généreuse dont il témoigna sa reconnaissance à Antoine Duprat pour un bon conseil qu'il lui avait autrefois donné.

Quoique le cardinal Duprat parut extrêmement attaché à François Ier, le roi était si persuadé de ses rapines qu'il ne cessait tantôt de l'en railler, tantôt de les lui reprocher. Duprat, ayant fait bâtir, à l'Hôtel-Dieu de Paris, une salle appelée la *salle du Légat*, François Ier fit à son sujet cette réflexion :

— Elle sera bien grande si elle peut contenir tous les pauvres qu'elle a faits.

Comme on exigeait de François Ier, prisonnier, après la bataille de Pavie, certaines conditions inacceptables pour lui accorder la liberté, il chargea l'agent de Charles-Quint de lui faire part de sa résolution de passer plutôt toute sa vie en prison que de démembrer ses Etats.

Belle parole d'un monarque qui, s'il commit parfois de grandes fautes et se livra à des excès, sut aussi à l'occasion se montrer un véritable souverain.

XXVI

LE COUP DE JARNAC

Gui Chabot, seigneur de Jarnac, gentilhomme de la cour de François Ier et de Henri II, avait fait la guerre d'Italie sous Montluc et le duc d'Enghien, mais il est surtout célèbre par son duel avec La Châtaigneraie, dont le véritable motif n'était au fond que la rivalité d'influence à la cour de la duchesse d'Etampes et de Diane de Poitiers.

Un propos outrageant ayant été lancé contre lui par le dauphin, il y répondit par un démenti public, sans en vouloir deviner l'auteur. La Châtaigneraie, favori du dauphin, en revendiqua hautement la responsabilité pour son propre compte. Mais François Ier, tant qu'il vécut, ne voulut point permettre le combat entre les deux adversaires.

A l'avènement de Henri II, il eut lieu sur le plateau de Saint-Germain, avec tout l'appareil des anciens duels judiciaires et en présence de toute la cour.

Jarnac, plus faible et moins adroit que son ennemi, qui était un des bretteurs renommés du temps, avait pris des leçons d'un spadassin italien, et il porta à La Châtaigneraie un coup violent et imprévu qui lui coupa le jarret.

Quelques historiens ont dit que Henri II rendit à Jarnac la faveur qu'avait eue La Châtaigneraie.

Dix ans plus tard, cependant, il n'était encore que capitaine, à la défense de Saint-Quentin (1557). Il fut tué en duel.

Le fameux *coup de Jarnac* a passé en proverbe, et ces mots servent à désigner, au physique ou dans tout ordre d'idées, un coup décisif et imprévu porté à un adversaire.

XXVII

L'ASSASSINAT DU DUC DE GUISE

Par un jour sombre de novembre 1561, un homme se glissait mystérieusement derrière les haies, aux environs d'Orléans.

Il avait les yeux mauvais et brillants ; ses doigts maigres et noueux serraient nerveusement la crosse d'un pistolet.

Il guettait une troupe de cavaliers arrivant de la ville, et il attendait, immobile, dans l'ombre des buissons dépouillés de leurs feuillage.

Ces gentilshommes, au nombre d'une vingtaine, en casaques brodées, en gantelés de fer, le casque d'acier bruni à liséré d'or sur la tête, défilèrent sur la route.

Parmi ces cavaliers, se voyait le chef, un homme aux cheveux déjà grisonnants, maigre, l'air soucieux, la figure hâlée par le grand air, balafrée de cicatrices, l'œil bleu sévère, la barbe drue.

C'était le duc François de Guise, le plus grand capitaine du XVIe siècle.

Il avait achevé l'œuvre de Jeanne d'Arc en chassant les derniers Anglais de France, car il avait pris Calais, dernier refuge de nos voisins d'Outre-Manche.

Tout le monde rendait hommage à sa gloire, à sa force, à son courage indomptable, à la puissance de sa foi, de sa volonté.

L'homme qui tenait le pistolet mit en joue le duc de Guise.

Mais un cheval fit un écart à la vue d'une ombre derrière la haie.

Le meurtrier, dérangé, ne pressa pas la détente ; le coup ne partit pas.

Et l'escorte passa...

Mais l'homme grommela :

— Ce sera pour demain ; je ne veux pas le manquer. Je veux qu'il meure, et il mourra !

Celui qui venait de prononcer ces paroles s'appelait Poltrot de Méré.

L'Histoire a enregistré son nom sur la liste des assassins célèbres avec Jacques Clément et Ravaillac.

Il s'appelait aussi l'Espagnol, car il avait été longtemps homme de guerre en Espagne : il servait d'espion.

Très habile, très audacieux, il se glissait partout et recueillait les renseignements nécessaires à ceux qui l'employaient.

Il avait même acquis, à ce métier honteux, une assez belle fortune, car il possédait, près d'Angoulême, son pays natal, une coquette maison de campagne.

Il y vivait avec sa sœur, depuis son retour du pays des oranges.

Quelques semaines auparavant, Poltrot de Méré avait reçu chez lui un de ses amis de là-bas, auquel il voulait marier la jeune fille.

C'était un aventurier dans son genre, mêlé à des histoires louches, mais résolu et très courageux.

Or, cet ami d'Espagne était venu aux environs d'Orléans qu'assiégeait le duc de Guise.

A tort ou à raison, celui-ci crut qu'on l'espionnait. Il vit, dans cet étranger suspect, un envoyé chargé de le surveiller pour le trahir.

Et il le fit pendre !

Ce fut très court : un ordre, une corde au premier arbre venu et un corps se balança lugubrement au-dessous des branches.

La sœur de Poltrot faillit mourir de douleur quand elle apprit cette nouvelle.

L'espion cria à son ami : « Je te vengerai !

Il acheta un pistolet, arme très rare alors, très massive encore, ratant cinq fois sur dix, ainsi nommé parce que les premiers furent fabriqués à Pistoie, en italien Pistoya, ville de Toscane, située entre Florence et Bologne, et célèbre pour ses armes, comme Tolède.

Armé de ce pistolet, l'Espagnol vint se placer, huit jours de suite, sur le passage de l'homme ayant ordonné le meurtre de son ami.

Poltrot avait la patience du tigre. Il ne voulait pas manquer sa proie. Il ne la manqua pas, en effet.

Un matin, comme le duc de Guise passait encore avec son escorte, revenant de visiter son armée aux abords de la ville, Poltrot de Méré put le viser tranquillement et il fit feu.

Le grand capitaine poussa un cri :

— Je suis mort !

Les gens de son escorte s'empressèrent autour de lui et le retinrent, car il roulait à bas de son cheval, presque inerte, pendant que l'assassin fuyait à toutes jambes.

Des cavaliers l'aperçurent et l'un d'eux cria :

— C'est l'Espagnol !

Et tous se lancèrent à sa poursuite. Mais le meurtrier avait bien choisi sa place. Il part se sauver à l'abri de la haie derrière laquelle il guettait et que les chevaux des soldats ne purent franchir.

Il courut pendant plus de deux heures, au hasard, à demi-fou, ne sachant plus que faire, comme stupéfait de son acte.

Des paysans le virent passer, haletant, l'œil hagard, répétant : « Je l'ai vengé ! Je l'ai vengé ! »

Pendant toute la nuit, il marcha ainsi, puis à l'aube il se trouva au pont d'Olivet, à une demi-lieue d'Orléans, sur le Loiret.

Là, harassé de fatigue, il s'allongea sur le parapet et s'endormit.

Les soldats lancés à sa poursuite le trouvèrent ainsi et le saisirent.

Il fut écartelé quelques jours après, et sa sœur s'enferma dans un cloître.

Quant au duc de Guise, il succomba presque aussitôt, ayant à peine repris connaissance, en embrassant son fils Henri qui devint plus tard un chef aussi glorieux que son père.

XXVIII

TRAITS ANECDOTIQUES DE LA VIE DE HENRI IV

La vie de Henri IV fourmille de nombreux traits héroïques ou amusants.

Ainsi qu'il fut fait pour ce monarque resté populaire, c'est dès l'enfance qu'il faut préparer l'homme : le caractère se ressent toujours de la trempe reçue dès l'âge tendre.

L'aïeul maternel de Henri IV pensait ainsi et agissait en conséquence avec son petit-fils. A peine l'enfant fut-il né qu'il le prit dans ses bras, frotta ses petites lèvres d'une gousse d'ail et lui fit sucer une goutte de vin dans sa grande coupe en or, croyant lui rendre par ce moyen le tempérament plus mâle et plus vigoureux.

Le jeune Henri fut élevé au château de Carasse en Béarn, situé au milieu des montagnes. Henri d'Albret, son grand-père, voulut qu'on l'habillât et qu'on le nourrît comme les autres enfants du pays, et même qu'on l'accoutumât à courir sur les rochers et à grimper aux arbres. On le nourrissait ordinairement de pain bis, de bœuf, de fromage et d'ail, et bien souvent on le laissait marcher pieds nus et tête nue. Cette éducation lui valut sans doute le royaume de France ; s'il n'eût pu supporter les fatigues et les privations, il eût été bientôt forcé de renoncer à renverser la Ligue.

Monté sur le trône, il y porta cet amour de la simplicité qu'on lui avait inculqué dès l'enfance et c'est cette vertu qui le mit à même de payer des dettes énormes que l'Etat avait contractées pendant les troubles des guerres de religon et lui permit ensuite d'amasser une somme considérable pour les besoins à venir. Il disait, par plaisanterie, en parlant des seigneurs qui aimaient le luxe des vêtements : « qu'ils portaient sur leur dos leurs moulins et leurs bois de haute futaie ». Cela ne l'empêchait pas de faire des dépenses convenables et de rechercher la magnificence lorsqu'il était nécessaire. Quelquefois, au milieu des grandeurs qui l'environnaient, il faisait l'éloge de la médiocrité et disait que celui qui pouvait se rendre heureux n'avait besoin que de dix mille livres de rente, de moins encore, et de vivre loin de la cour.

Son affabilité, l'une de ses plus belles qualités, semblait venir autant de son éducation que de son heureux naturel ; il ne craignait pas, comme tant d'autres rois, de se mêler au peuple ; il prenait plaisir au contraire à entendre, sans être connu, les discours des gens de toutes les classes, pour y saisir, s'il était possibl, des vérités dont il s'inspirait afin d'améliorer le sort de ses sujets.

Le plaisir qu'il prenait à se dépouiller en quelque sorte de la royauté, pour n'être plus qu'un homme au milieu des hommes, lui valut parfois des aventures assez singulières.

En voici une des plus réjouissantes.

Il se trouvait à la chasse dans le Vendômois, lorsque, s'étant écarté de sa suite, il rencontra un paysan tranquillement assis sous un chêne.

— Hé ! que fais-tu là ? lui cria Henri IV.

— Ma foi, monsieur, répondit le paysan, je suis là pour voir passer le roi.

— Eh ! bien, reprit ce dernier, si tu veux, monte en croupe et je te conduirai dans un endroit où tu le verras à ton aise.

Le villageois, sans se faire prier davantage, obéit, et, chemin faisant, il s'informe comment il pourra reconnaître le roi.

— Tu n'auras qu'à remarquer celui qui aura son chapeau sur sa tête, tandis que tous les autres seront tête nue.

Ils eurent bientôt rejoint la chasse. Tout le monde paraît fort étonné de voir l'étrange compagnon que Henri IV s'était donné et l'on attend en silence une explication. La surprise cependant ne fait oublier à personne de se découvrir en présence du monarque. Henri se tourne alors vers le paysan et lui demande en riant qui est le roi.

— Ma foi, monsieur, répondit le rustre, sans se déconcerter, il faut que ce soit vous ou moi, car il n'y a que nous deux qui ayons notre chapeau sur la tête.

Un jour, se promenant seul dans la forêt de Villers-Cotterets, il rencontra le député des habitants de Puyseux, chargé d'un sac d'avoine dont le poids l'incommodait beaucoup. Henri IV lui demanda ce qu'il portait et où il allait. Le pâtre le lui expliqua et ajouta que, si le roi *au long nez* faisait bien, il lui éviterait de porter à dos, tous les ans, cette avoine qui lui causait tant de fatigue. Le manant, qui ne connaissait pas le roi, passa outre, et Henri IV continua sa promenade.

Le lendemain de cette rencontre, le roi envoya chercher cet homme qui, surpris de se voir ainsi appelé, ne reconnut pas sans une frayeur bien compréhensible le roi lui-même dans la personne à qui il avait parlé si cavalièrement la veille. Mais Henri IV le rassura et lui annonça qu'il l'avait fait demander pour l'informer que, désormais, il enverrait chercher à Puyseux l'avoine de redevance pour lui éviter la peine de la transporter sur son dos.

Ce que le roi avait promis fut exécuté, car, depuis, la communauté de ces mêmes habitants se trouva exemptée de l'obligation de porter l'avoine aux greniers publics du duché de Valois.

Quelques jours après la bataille d'Ivry, Henri IV arriva un soir incognito à Alençon avec une petite suite et descendit chez un officier qui lui était fort attaché. Cet officier était absent, et sa femme, qui ne connaissait pas le roi, le reçut comme un des principaux chefs de l'armée, c'est-à-dire de son mieux, et avec d'autant plus d'empressement qu'il se disait l'ami de son mari. Cependant, peu de temps après son arrivée, Henri IV, croyant remarquer quelque inquiétude chez son hôtesse, lui dit :

— Qu'est-ce donc, madame ? Vous causerais-je quelque ennui ? A mesure que la nuit s'avance, je vous trouve moins gaie ; parlez-moi librement, et soyez persuadée que je ne veux en rien vous gêner.

— Monsieur, lui répondit la dame, je vous avouerai franchement l'embarras dans lequel je me trouve. C'est aujourd'hui jeudi et, pour peu que vous connaissiez la province, vous ne serez pas étonné que je ne puis trouver, aussi facilement que je le voudrais, de quoi vous donner à souper. J'ai vainement fait parcourir la ville entière, et malgré les plus actives recherches, on n'a pu rapporter de quoi vous recevoir convenablement et vous m'en voyez désespérée. Seul un de mes voisins possède une dinde grasse qu'il me cédera volontiers à la condition qu'il en vienne manger sa part. Mais j'hésite d'autant plus à accepter ce marché que cet homme n'est qu'une sorte d'artisan que je n'oserais admettre à votre table. Pourtant, il tient tant à sa dinde que, quelle que soit l'offre que je lui fasse, il prétend ne s'en dessaisir qu'à ce prix.

— Cet homme, questionna Henri IV, est-il un bon compagnon ?

— Oui, monsieur, c'est le plaisant du quartier, honnête homme d'ailleurs, bon Français, très zélé royaliste, et en bonne situation de fortune.

— Eh bien, achetez-lui sa dinde et dites-lui de venir la manger avec moi.

Le bon roi faillit plusieurs fois être assassiné. Il savait que divers partis désiraient toujours sa mort. Cette hostilité ne le rendit jamais plus défiant. Il marchait au milieu de son peuple avec autant de tranquillité que s'il n'eût rien eu à craindre. Volontiers il eût pardonné à ses assassins à mesure qu'on les saisissait. Comme on l'exhortait parfois à traiter ses ennemis avec plus de rigueur, il se contentait de répondre :

— La satisfaction que l'on tire de la vengeance ne dure qu'un moment ; mais celle que donne la clémence est éternelle. On prend plus de mouches avec une cuillerée de miel qu'avec dix tonnes de vinaigre.

On connaît son penchant pour la plaisanterie.

On a recueilli un grand nombre de mots toujours spirituels et de ses heureuses réparties. Ce jeu agréable et naturel ne fut pour lui qu'un innocent badinage ; jamais il ne l'employa à froisser qui que ce fût, bien qu'il eût pu le faire impunément. Son cœur était trop bon et son esprit trop juste pour se livrer à ces jeux faciles mais cruels. Rien ne blesse comme le sacarsme et il y a beaucoup de gens qui oublient plus volontiers une injustice reçue qu'un bon mot dont ils ont été l'objet.

Henri IV étant fatigué de la grande traite qu'il avait dû fournir pour porter secours à Cambrai, en passant par Amiens, dut à son arrivée subir une harangue. L'orateur débuta ainsi : « *Très grand, très clément, très magnanime...* » — « Ajoutez aussi, dit le roi, et *très las* ; je vais me reposer, j'écouterai le reste une autre fois. »

Il fit sentir également le ridicule d'un autre harangueur qui s'était présenté à l'heure de son dîner. Il avait commencé son discours par ces mots : « Agésilas, roi de Lacédémone, Sire... »

Henri IV, craignant que la harangue ne fût un peu longue, lui dit en l'interrompant :

— Ventre Saint-Gris, j'ai bien entendu dire quelque chose de cet Agésilas, mais il avait dîné et je vais en faire autant.

Lorsqu'il fut sur le point d'entrer dans la ville de Chartres, qu'il venait de prendre, il se vit arrêter par une députation des habitants. Le magistrat, chargé de prononcer le discours, lui dit, entre autres choses, qu'il reconnaissait que la ville était assujettie à Sa Majesté par le droit divin et le droit romain. Le vainqueur, impatienté, dit en piquant son cheval pour entrer : « Ajoutez-y, et par le droit canon. »

Un président du Parlement de Rouen, dans une autre occasion, s'étant présenté pour le haranguer, resta court au bout de quelques mots. Le roi sourit et dit à ceux qui l'accompagnaient : « Il n'y a là rien d'extraordinaire, les Normands étant sujets à manquer de parole. »

Son tailleur, qui se croyait un fin politique, s'avisa de faire imprimer un petit livre contenant des règlements qui, selon lui, étaient nécessaires au bien de l'Etat ; il osa même le présenter au roi. Henri IV le prit en riant et, après en avoir lu quelques pages, il dit à un de ses valets de chambre :

— Allez chercher mon chancelier, qu'il vienne me prendre la mesure d'un habit, car voici mon tailleur qui fait des règlements.

Un prélat, lui parlant de guerre, et lui en parlant mal, le roi affecta de n'avoir rien entendu et lui demanda *de quel saint était l'office de ce jour-là dans son bréviaire.*

L'évêque, confus, comprit que chacun devait parler de son métier.

Un particulier ayant présenté l'anagramme de Henri le Grand à ce monarque, dans l'espoir d'en recevoir une récompense, le roi lui demanda quelle était sa profession.

— Sire, répondit-il, mon métier est de faire des anagrammes, mais je suis fort pauvre.

— Je le crois aisément, répliqua le roi, car vous avez là un pauvre métier.

Traversant, plus tard, la Seine au bac de Neuilly avec de nombreux villageois, il en vit un ayant les cheveux blancs et la barbe noire, et à qui il demanda la raison de cette différence. Le paysan matois lui répondit : « Sire, c'est que mes cheveux ont vingt années de plus que ma barbe. » Cette réponse plut beaucoup au roi, qui s'amusait par la suite à la raconter.

Cette affabilité souriante et bien française d'un de nos meilleurs et plus glorieux rois pourrait servir de leçon à bien des gens qui, dans leur vanité déplacée, croient tout ce qu'ils voient au-dessous d'eux.

S'étant un jour égaré à la chasse — ce qui lui arrivait souvent — il pousse son cheval vers le premier village qu'on aperçoit et entre dans une auberge où il s'attable avec quelques marchands sans être reconnu. Après le dîner, il fait tomber la conversation sur les affaires de l'Etat, sur les nouvelles de la cour et du roi : chacun dit son sentiment. Comme on parlait de la conversion du roi, un marchand de porcs, qui ne la croyait pas sincère, s'écria : « Ne parlons pas de cela, la caque sent toujours le hareng. »

Un instant après, le roi se lève, paie son écot et se met à la fenêtre. Alors surviennent plusieurs seigneurs qui, eux aussi, cherchaient à dîner. Il les appelle, et ceux qui avaient mangé avec Henri IV le reconnurent aux marques de respect que les seigneurs lui témoignaient. Fort interdits, ils eussent bien voulu ne point avoir prononcé les propos qu'ils tenaient un instant auparavant, le marchand de porcs tout le premier. Mais le roi, sans manifester le moindre mécontentement avant de partir, se contenta de frapper sur l'épaule du marchand, qui se crut perdu, mais auquel Henri IV dit seulement : « Bonhomme, la caque sent toujours le hareng, à votre endroit, et non au mien, car vous avez encore du mauvais levain de la Ligue. »

XXVIX

LES TROIS FARCEURS DE LA PORTE SAINT-JACQUES

Il y avait une fois, dans les dernières années du XVIe siècle, trois garçons boulangers du faubourg Saint-Laurent, qu'unissait la plus étroite amitié, gais compagnons et grands partisans des joyeux passe-temps du théâtre.

Or, justement leur genre favori s'en allait peu à peu ; les sotties, les plaisantes moralités des confrères de la Basoche et des enfants sans souci avaient disparu. Témoins de la décadence de la farce, ils résolurent de s'en faire les conservateurs et de la régénérer.

Voilà donc nos trois camarades qui jettent aux orties le tablier blanc des mitrons, et qui s'en vont héroïquement louer un petit jeu de paume à la porte Saint-Jacques. La caisse n'était pas riche d'abord, aussi l'entreprise s'en ressentit-elle. Le luxe des décors se bornait à des voiles de bateau peintes, que les trois amis adaptaient, tant bien que mal, à leur théâtre portatif ; c'était tout et c'était assez. En effet, ils se trémoussaient si bien sur cette maigre scène, que le public ne tarda pas à accourir, et une fois venu, il ne s'en alla plus. Du reste, il n'en coûtait que deux sols pour se dilater amplement la rate à ce spectacle inénarrable, qui recommençait deux fois par jour : d'une heure à deux pour messieurs les écoliers, et le soir pour le public ordinaire.

Ces trois garçons boulangers étaient de leurs noms de guerre : Gaultier-Garguille, Gros-Guillaume et Turlupin.

Ce furent de vaillants farceurs et des bouffons homériques. Pendant un demi-siècle environ ils amusèrent tout Paris ; ils furent les maîtres de Molière. Chacun s'était choisi un rôle dans les parades qu'ils jouaient en commun : Gaultier-Garguille, presque toujours grimé en vieillard, faisait le savant, le maître d'école, ou simplement le maître de maison ; Gros-Guillaume ne parlait que par doctes sentences et proverbes ; Turlupin, qui a eu l'honneur de donner son nom à un genre, incarnait les types de valet ou d'intrigant, et la combinaison de ces trois rôles formait le plus grotesque amalgame, dont la lecture de leurs farces ne peut suffire aujourd'hui à donner une idée : il y faudrait la voix, les gestes, les grimaces de ces merveilleux baladins.

Gaultier-Garguille était un normand qui gasconnait admirablement. Très maigre avec des jambes de sauterelle, le corps surmonté d'une grosse tête, il avait un aspect si comique qu'on ne pouvait le voir sans éclater de rire ; il pouvait disloquer son corps comme une marionnette et il ne s'en privait pas. Quand surtout il paraissait sous le masque avec sa barbe pointue, son bonnet plat, sa camisole qui descendait jusqu'à mi-jambes, son poignard de bois à la ceinture, son habit noir, ses manches rouges, et ses boutons rouges sur le noir et noirs sur le rouge, débiter ses chansons, dont le recueil s'est conservé jusqu'à nos jours, les plus moroses se roulaient sur les bancs et quelquefois dessous.

Gros-Guillaume égalait son camarade en comique et le surpassait en laideur. Le pauvre homme n'avait pas volé son surnom, car il était énorme et les plaisants prétendaient qu'il marchait longtemps après son ventre. Il lui fallait se cercler le corps pour ne point éclater des deux ceintures, l'une au-dessous des aiselles, l'autre sur le ventre, s'est-à-dire au milieu des cuisses, car son ventre débordait jusque-là, le faisaient ressembler à un tonneau de belle taille.

Gros-Guillaume souffrait de la pierre, précieux avantage au point de vue comique, car souvent, dit-on, ses souffrances atroces lui arrachaient sur la scène de si plaisantes grimaces qu'elles réjouissaient singulièrement la foule, dont la gaieté insoucieuse ne s'enquiert pas toujours s'il n'y a pas cruauté pour le rire qui lui dlate la rate. Enfariné, coiffé d'une barrette ronde avec mentonnière de peau de mouotn, chaussé de gros souliers gris noués d'une touffe de laine, vêtu d'une culotte rayée, enveloppé d'un sac plein de laine qui se liait au haut des cuisses, tel était le costume original sous lequel apparaissait Gros-Guillaume.

Quant à Turlupin, il ne s'était pas mis en frais d'invention. Bel homme, quoique rousseau, le corps bien fait et la taille bien prise, il se fut gardé de dissimuler ses avantages physiques sous un sac ou une camisole ainsi que le faisaient ses camarades.

Dans ce trio bouffon, peut-être était-ce lui le roi ; nul ne s'entendait mieux à composer ni à conduire une farce ; il étincelait de saillies plaisantes, il éclatait en bons mots, et l'on ne pouvait guère reprocher à son jeu fin, spirituel, plein de feu et de verve, que de manquer un peu de cette naïveté qui faisait le charme principal de Gaultier-Garguille.

Les trois farceurs de la porte Saint-Jacques avaient si bien fait merveille que la foule désertait l'hôtel de Bourgogne. La troupe royale se plaignit à Richelieu, qui manda les accusés au Palais-Cardinal, et les fit jouer devant lui. On ne peut douter qu'ils se surpassèrent : c'était pour eux une question de vie ou de mort. Il s'agissait de faire rire quand même un ministre qui, par bonheur, avait le rire facile, et à qui son bouffon préféré, Boisrobert, avait donné un avant-goût du genre.

La première scène qu'ils représentèrent montra Gros-Guillaume habillé en femme, et tâchant de désarmer son mari Turlupin, qui, armé d'un sabre de bois, voulait à toute force lui trancher la tête. Madame Gros-Guilaume se jetait aux pieds du farouche époux, lui embrassait les genoux, prodiguait les supplications éplorées et les plus tendres harangues. Peines perdues : Turlupin se montrait inflexible.

Le grand ministre, en les écoutant, riait aux larmes. La représentation terminée, il reprocha aux comédiens de l'hôtel de Bourgogne, qu'on sortait toujours triste de leur théâtre, et leur enjoignit de s'adjoindre les trois bouffons qui ramenèrent avec eux la foule de la salle de la rue Mauconseil.

C'est ainsi que, suivant la légende, Gaultier-Garguille, Gros-Guillaume et Turlupin entrèrent à l'hôtel de Bourgogne. Il faut ajouter : suivant la légende, car ce récit, extrait d'un mémoire de l'époque, est contesté par les historiens du Théâtre-Français.

Quoi qu'il en soit, il est certain qu'ils jouèrent longtemps et avec succès à l'hôtel de Bourgogne, et non pas seulement la farce, car Turlupin s'appelait Belleville dans la haute comédie ; Gros-Guillaume, La Fleur, et Gaultier-Garguille, Fléchelle quand il représentait les rois de tragédie.

Une malheureuse audace de Gros-Guillaume mit fin à cette prospérité. Il s'avisa un jour d'imiter sur la scène la grimace familière à certain magistrat fort connu, qui, au lieu d'en rire avec le public, fit arrêter les farceurs. Gaultier-Garguille et Turlupin se sauvèrent, mais Gros-Guillaume, trop lourd pour les suivre assez vite, fut pris et emprisonné. Il en mourut de saisissement, et ses camarades, chose peu croyable, mais attestée, pourtant, par plusieurs documents de l'époque, trépassèrent eux aussi de douleur avant la fin de la semaine.

Gaultier-Garguille avait joué quarante ans la comédie, et Turlupin plus de cinquante-cinq. Quant à Gros-Guillaume, il avait quatre-vingts ans. La date de l'avènement de Guillot-Gorju, qui leur succéda, fait supposer qu'ils moururent vers 1631.

XXX

A LA COUR DE FRANCE

Les cours des rois de France n'étaient pas ce que l'on pourrait supposer, car les manuels d'histoire sont en général muets à leur sujet. C'est dans les chroniques et les mémoires des différentes époques que l'on peut retrouver leur véritable physionomie.

Sans remonter bien haut dans le passé, on peut affirmer, d'après des documents authentiques, qu'on entrait, au XVIIe siècle, ainsi qu'au moyen âge, d'ailleurs, dans le palais du roi très facilement, ainsi que nous allons le montrer. Cette remarque est souvent faite même par des écrivains étrangers.

« J'allai au Louvre, écrit Locatelli en 1665, je m'y promenai en toute liberté et, traversant les divers corps de garde, je parvins enfin à cette porte qui est ouverte dès qu'on y touche et le plus souvent par le roi lui-même. Il suffit d'y gratter, et l'on vous introduit aussitôt. Le roi veut que tous ses sujets entrent librement. Dans le jardin des Tuileries, le « jardin du roi », avant que Louis XIV ne transférât sa résidence à Versailles, le public coudoie le ménage royal, ainsi qu'il le faisait sous saint Louis, sous Philippe le Bel dans le Jardin de Paris.

Ce jardin des Tuileries, Colbert aurait voulu le réserver à la cour, l'interdire au public, mais Perrault combattit son opinion. « Les jardins du roi, disait-il, ne sont si grands et si précieux qu'afin que tous leurs enfants puissent s'y promener. » Louis XIV se rangea à cet avis, et le jardin des Tuileries resta ouvert à tout le monde, comme le sera plus tard le parc de Versailles où un peuple si nombreux remplira les bosquets et les avenues que Louis XIV lui-même devra renoncer, certains jours, à y faire son tour habituel.

La maison du roi devenait une place publique. On imagine la difficulté d'y maintenir l'ordre et la propreté. Du matin au soir s'y pressait une cohue turbulente et bruyante, composée de gens de toutes sortes de conditions. A Versailles comme au Louvre, les appartements du roi demeurent ouverts à tout venant. « Nous passâmes, écrit Arthur Young, qui s'en montre tout surpris, à travers une foule de gens dont plusieurs n'étaient pas des mieux habillés. »

Et l'on devine quel monde finissait par envahir ainsi la demeure royale : des personnages louches, réputés dangereux.

De temps à autre, on donnait un coup de balai, quand le palais de Versailles en arrivait à être encombré de mendiants qui y exerçaient leur profession comme dans la rue.

Le *Journal* de Dangeau, porte à la date du 2 juillet 1700 :

« On a mis sur pied cinquante Suisses pour chasser du château les gens qui y gueusaient. »

Un filou ne dépouille-t-il pas de ses ornements le chapeau que Louis XIV a déposé sur une table ?

Sous la Régence, le jeune Louis XV est installé au Louvre ; les voleurs de la bande de Cartouche se répandent familièrement dans les diverses salles du palais. Au bal de la Cour, Louison, frère de Cartouche, vole au prince de Soubise son épée à poignée d'or, estimée vingt-cinq mille livres.

Un autre jour, « dans une salle attenant à celle où le roi mange », Guillaire, Marcand, Ferront et Prévost dit Coste, ce dernier tailleur de son métier, tous affiliés à la troupe de Cartouche, vident les poches des nombreuses personnes qui se trouvaient là en même temps qu'eux.

« Il était facile, écrit le Dr. Nemeitz, de voir souper Sa Majesté. Il recevait à sa table toute sa famille et, à moins qu'il n'y eût déjà trop de monde, ce qui arrivait parfois, on était admis. D'ailleurs on pouvait toujours être admis quand on arrivait de bonne heure. »

Le public assistait plus particulièrement au « grand couvert », qui avait lieu régulièrement tous les dimanches, et surtout les jours de fête. A ces réunions de gala toute la famille royale s'y trouvait, y compris les princes du sang.

Louis XIV, qui remplit consciencieusement son métier de roi, s'astreignit à dîner ainsi en public jusqu'aux derniers jours de sa vie.

Sous Louis XV, les Parisiens, les provinciaux prenaient plaisir à aller assister aux repas du roi pour admirer sa prestance, son élégance et plus encore son adresse à faire sauter d'un seul coup du revers de sa fourchette le haut de la coque d'un œuf.

— Attention ! s'écriait-on, le roi va manger son œuf.

A ce moment, les dames assises près du souverain s'écartaient pour permettre à la foule de mieux voir. Louis XV, sachant l'intérêt que ses sujets prenaient à ce détail, se faisait servir un œuf à chaque repas.

« Les badauds, note Mme Campan, qui venaient le dimanche à Versailles, retouraient chez eux, moins enchantés de la belle figure du roi que de l'adresse avec laquelle il ouvrait ses œufs. »

Ces détails sembleront ridicules à les juger avec nos idées actuelles, mais, replacés à l'époque où ils se passaient, ils n'étaient rien moins que charmants. « Aussi, comme le raconte Mercier, dans toute la France on s'entrétient de la Cour de Versailles, et il n'est pas rare que dans chaque village on ne trouve quelqu'un qui n'ait été à Paris et à Versailles et ne puisse raconter pour l'avoir vu comment le roi est fait, combien la reine aime les « pommes d'oranges », si la Dauphine est jolie et si les princesses ont bel air. »

A leur retour de Metz, Louis XV et Marie Leczinska séjournent dans la capitale. Les plus brillants soupers se succèdent aux Tuileries, suivis de concerts auxquels tout le monde peut assister. Entre qui veut, pourvu qu'on soit vêtu de noir, à cause de la mort de la sixième fille de Louis XV. Le prévôt des marchands, en robe rouge, est derrière le roi et lui sert, comme font à la Cour les grands seigneurs. Le repas dure de trois heures à cinq heures et demie. A peine est-il terminé qu'on ouvre les portes et que le peuple, suivant l'usage, envahit les salles pour piller le dessert.

En mai 1770, la Dauphine Marie-Antoinette séjourne au château de la Muette. Sa toilette se fait en public. Afin que plus de personnes puissent assister à sa vie quotidienne, on a disposé, dans les appartements et dans les galeries, des banquettes sur des gradins en amphithéâtre, où se succèdent du matin au soir les plus charmantes Parisiennes, « ce qui faisait, note le duc de Croy, le plus admirable effet ».

Il est certain que ces façons royales, dépourvues d'étiquette, contribuaient à rapprocher le souverain de ses sujets et à développer les sentiments d'affection pour la personne du roi.

Ces faits apparaîtront d'autant plus frappants si l'on compare cette existence familière de nos anciens rois à celle que mènera aux Tuileries Napoléon devenu empereur. « L'empereur et l'impératrice, écrit M. Frédéric Masson, se laissent encore aborder par les gens de la Cour, mais les gens de la ville sont derrière les balustrades... Quant au peuple, contenu par une double haie de grenadiers, il voit de loin passer ses souverains comme à l'Etoile, ou bien d'en bas il les aperçoit, au balcon de la salle des maréchaux... L'armée, la Garde même n'a le droit d'acclamer son empereur qu'en défilant sous les fenêtres de son palais.

Napoléon aimait son peuple et s'efforçait de lui témoigner son affection. Dans ce but, il lui prodigue des « jeux à Saint-Cloud et aux Champs-Elysées, des feux d'artifice, des victuailles, du vin, des illuminations ; mais le seul qui l'eût satisfait, on le lui refuse... C'eût été de voir son empereur, le suivre, l'acclamer, participer à son triomphe et à sa joie... Ce sont les caractères, ajoute F. Masson, du nouveau règne ».

Les temps sont changés, la Révolution a passé, un autre régime a remplacé l'ancien.

XXXI

LOUIS XIV ET LE DAUPHIN

Sait-on au juste en quoi consistaient les cours des rois de France sous l'ancien régime ?

On s'en fait généralement une fausse idée, et c'est une erreur de supposer que les monarques d'autrefois, sans même remonter aux Valois ni à Henri IV, qui n'eut une cour réelle que dans les dix dernières années de son règne, vivaient retirés dans leurs palais royaux où nul de leurs sujets ne pouvait pénétrer.

Pour le montrer, il suffit de s'en rapporter aux auteurs qui furent les témoins des faits et gestes des souverains et écrivirent sur ce sujet.

Dans cet ordre d'idées, nous rappellerons, au dire des chroniqueurs du temps, que François Ier, pour ne pas remonter plus haut, quoique prince de la Renaissance, lorsqu'était annoncé au palais quelque ambassadeur étranger, se faisait apporter une petite pièce de drap d'or, qu'on lui attachait au plus vite sous les aisselles. Henri IV portait couramment des habits fripés, délavés par la pluie. Louis XIII, des robes aux tons neutres, de nuance terne, en étoffe de bure.

Ceux qui visitent la cour de Louis XIV ne peuvent retenir leur étonnement de voir le roi, si justement renommé par sa royale magnificence, vêtu ordinairement d'un simple justaucorps tirant sur le brun, orné d'une mince broderie et, sur l'épaule, du bouton d'or (rubans tenus par un bouton), insigne qui le distinguait des courtisans. Louis XV fut plus élégant, car il aimait les belles soieries de Lyon. Louis XVI s'habillait plus simplement ; sa tenue eût convenu au plus obscur de ses sujets : un habit gris le matin et un uniforme de nuance foncée, en drap uni, sans ornement, l'après-midi.

Bien entendu, ils revêtaient parfois les somptueux et riches habits de gala, mais c'était lors des fêtes et des grandes cérémonies, alors qu'ils étaient en toilette royale. Leur existence ressemblait à leur habillement : ils n'étaient pas toujours en représentation. Les ménages royaux vivaient bourgeoisement, mangeant en famille et achevant la soirée en faisant une partie de cartes, tandis que le peuple, admis familièrement au Louvre ou à Versailles, défilait en dévisageant le roi, le long d'une balustrade établie d'une extrémité à l'autre de la salle. Et tout le monde pouvait entrer à condition de n'être ni malpropre ni en guenilles et qu'on suivît le chemin indiqué.

La maison du roi devenait une place publique. Certains bourgeois trouvaient une distraction à aller au Louvre « pour le seul plaisir de voir le roi ».

Ces traditions de vie commune étaient impossibles à modifier. Louis XIV en fit l'expérience, lorsqu'en 1671, il résolut de transférer à Versailles la demeure de la monarchie. A Paris, avec l'accroissement de la ville et la multiplicité des rapports entre le roi et ses sujets, la cour en était arrivée à ne plus pouvoir respirer. Il en fut d'ailleurs à Versailles comme au Louvre.

Un témoin raconte qu'il vit s'y dérouler une scène typique, un jour de l'année 1665, tandis que circulaient, dans les allées, le ménage royal et l'héritier du trône, comme les plus humbles de leurs sujets.

Un soldat, en passant devant le dauphin, inclina sa hallebarde ; mais celui-ci, âgé de quatre ans, croyant que ce soldat devait se découvrir, dégaina vivement une petite épée qu'il portait, en criant :

— Holà ! bâtonnez-moi cet homme assez hardi pour passer devant moi sans ôter son chapeau !

La reine, pour l'apaiser, lui dit tendrement :

— Mon fils, suivant les règlements militaires, ce soldat ne devait pas ôter son chapeau, mais seulement incliner sa hallebarde comme il l'a fait.

Mécontent de ces paroles, le dauphin repoussa sa mère de la main et s'enfuit vers le roi, qui se trouvait quelques pas en avant d'eux.

Louis XIV prit son fils dans ses bras et le couvrait de baisers, quand Marie-Thérèse les rejoignit, en tenant à la main une tige d'angélique confite.

L'enfant, à cette vue, saisissant de ses deux mains le bras de sa mère, s'efforçait de s'emparer de la friandise.

Mais la reine dit, en la levant en l'air :

— Si vous la voulez, mon mignon, j'exige d'abord que vous pardonniez au soldat l'injure qu'il ne vous a pas faite.

Le dauphin, volontaire et obstiné, détournait la tête en signe de refus. Alors le roi, faisant mine de se fâcher, lui dit à son tour :

— Pour vous faire changer d'idée, ne suffit-il donc pas que votre père et votre mère vous disent qu'il n'a pas commis de faute ?

A ces mots, le petit dauphin leva les mains et le visage vers son père comme pour l'embrasser.

Louis XIV se baissant vers son fils, l'interrogea :

— Pardonnez-vous au soldat ?

— Oui, monsieur, répondit le dauphin à mi-voix.

— Et pourquoi ?

— Parce que papa et maman le veulent.

— Et aussi parce que c'est votre devoir, ajouta le roi.

Puis il se pencha pour recevoir le baiser de son fils, tandis que celui-ci, tout en lui jetant un bras autour du cou, faisait de l'autre main un signe à sa mère pour qu'elle lui donnât la friandise qu'elle lui destinait.

Cette petite scène familiale s'était accomplie au milieu de divers promeneurs. Lorsqu'elle fut terminée, le roi et la reine se retirèrent, ayant entre eux le dauphin, qu'ils tenaient chacun par une main.

XXXII

DEUX RÉGULUS FRANÇAIS

En 1665, Colbert n'avait pas encore organisé la puissante marine, qui brava, quelques années plus tard, les flottes réunies de la Hollande et de l'Angleterre.

Les pavillons de ces deux puissances dominaient sur l'Océan ; mais dans la Méditerranée, l'Espagne étant tombée et la France n'ayant pas encore pris sa place, personne ne faisait la police de cette mer. Aussi l'époque était-elle bonne pour les corsaires barbaresques, qui couraient impunément de Candie aux Baléares, et des côtes de Provence à celles de Sicile, pillant les navires et réduisant en esclavage, quand ils ne les tuaient pas, les marins qui les montaient.

Ce que les gouvernements ne faisaient pas, quelques villes essayèrent de le faire. Saint-Malo avait alors un commerce important, et aux habitudes du négoce elle mêlait volontiers celle des armes. C'était déjà la patrie de Surcouf et de Duguay-Trouin. De temps à autre elle envoyait une frégate croiser dans la Méditerranée pour y protéger contre les Algériens ses navires marchands.

En 1665, c'était une frégate de 36 canons qui faisait ce service. Elle était commandée par un Malouin, Porçon de La Barbinais. Les Algériens le trouvaient partout, et au lieu des riches prises, le dey ne voyait plus rentrer dans son repaire que des vaisseaux désemparés et équipages décimés, sans parler de ceux qui ne revenaient point.

Le dey jura par la barbe du Prophète d'avoir raison de ce chien de chrétien qui ruinait son commerce, et il réunit contre la frégate malouine de telles forces qu'elle fut prise enfin, et Porçon conduit à Alger.

Cependant Louis XIV commençait « à faire son métier de roi ». Il venait d'envoyer une escadre que paraissait commander le fameux duc de Beaufort, « le roi des halles », mais que dirigeait en réalité le chevalier Paul, autre glorieux inconnu. Les corsaires furent deux fois battus, Alger se trouva à découvert, et le dey tremblant songea à envoyer au roi de France des propositions de paix.

Il choisit pour les porter Porçon de La Barbinais, pensant qu'un si vaillant homme, qui lui avait fait tant de mal, devait être un puissant personnage et que ses paroles seraient d'autant mieux écoutées. Mais avant de laisser partir un captif qui lui paraissait d'une certaine importance, il lui fit jurer de revenir si sa négociation ne réussisssait pas.

— Souviens-toi, ajouta le dey, que les têtes de six cents prisonniers français me répondent de la tienne.

Porçon part. Les propositions du dey étaient inacceptables. Il ne fait aucun effort pour les faire accepter, et en quittant Paris il se rend à Saint-Malo, y embrasse tous les siens, met ses affaires en ordre et revient à Alger, certain du sort qui l'attend.

Le dey furieux lui fit trancher la tête. C'est l'histoire de Régulus, que tout le monde connaît, qui se trouve écrite dans les livres d'histoire ou reproduite dans les musées de peinture ; mais qui sait même le nom de ce brave Malouin Porçon de la Barbinais ?

Connaît-on davantage l'héroïque Ringois ? Il se pourrait même qu'à Abbeville, son pays natal, il y soit ignoré.

Par le désastreux traité de Brétigny, en 1360, le dauphin Charles avait payé la rançon du roi Jean au prix d'un tiers de la France cédé aux Anglais en toute souveraineté, et d'une somme de toris millions d'écus d'or qui équivaudraient aujourd'hui à 50 millions de francs environ.

Dans la cession des territoires était compris le Ponthieu, une partie de la Picardie, dont Abbeville se trouvait la capitale. Cette ville se vit avec douleur détachée de la France et placée sous une domination nouvelle.

Tout pouvoir, en ce temps-là, se faisait lourdement sentir ; celui de l'étranger parut insupportable à la patriotique cité, quand elle vit se promener par les rues ces soldats qui, depuis quinze ans, foulaient la France aux pieds et n'entendaient pas garder de bien grands ménagements avec ceux que la victoire leur avait livrés. Des conciliabules se formèrent, et une émeute, vite réprimée, éclata.

Un riche bourgeois, Ringois, fut compris au nombre des révoltés. Le commandant anglais usa cependant de modération à l'égard de Ringois, car il lui offrit sa liberté sous la seule condition qu'il prêterait à Edouard III serment de fidélité. Ringois refusa.

On le conduisit à Douvres, et là, on le menaça de mort s'il persistait dans son obstination. Rien n'ébranla sa fermeté. On le mena alors sur la plateforme de la forteresse ; on le fait monter sur le dernier parapet ; les flots en battent le pied avec fureur : qu'il dise un mot, un seul, et il est sauvé ; il refuse encore ; alors les soldats qui l'accompagnent le précipitent dans la mer.

Ces généreux dévouements ne sont jamais inutiles, car ils enflamment les cœurs et leur exemple est contagieux.

Quelques années plus tard, Abbeville vengea Ringois ; une insurrection formidable y éclata ; après trois jours de combat, la garnison ennemie fut chassée de la ville. Le roi Charles récompensa cette fidélité en accordant la noblesse aux échevins, et à la ville les fleurs de lys d'or qu'elle mit dans son écusson ; elles y sont encore ; mais le nom de Ringois où est-il ? Il a été moins heureux qu'Eustache de Saint-Pierre, dont la mémoire fut sauvée grâce au récit de l'historien Froissart.

XXXIII

TURENNE ET LES VOLEURS

Turenne passant une nuit dans une des rues les plus mal fréquentées de Paris tomba entre les mains d'une troupe de voleurs qui arrêtèrent sa voiture.

Sur la promesse qu'il leur fit de leur verser le lendemain cent louis d'or, ils le laissèrent partir.

Et l'un d'eux osa, le jour suivant, aller chez lui, au milieu d'une grande compagnie, lui demander à l'oreille l'exécution de sa parole.

Le maréchal lui fit donner les cent louis.

L'homme parti, Turenne raconta l'aventure et comme plusieurs de ses auditeurs se récriaient sur l'audace de ce voleur :

— Il fallait le faire pendre haut et court, dit l'un d'entre eux.

Le maréchal le regarda avec sévérité.

— La promesse d'un honnête homme, dit-il, est sacrée. Jamais il ne doit manquer à sa parole, même s'il l'a donnée à des fripons.

XXXIV

JEAN BART AU CHATEAU DE VERSAILLES

Jean Bart devait être reçu ce matin-là en audience particulière par Louis XIV.

Il attendait son tour dans l'antichambre royale en compagnie d'un certain nombre de seigneurs, tout en fumant une courte pipe qui ne le quittait jamais.

Dans un groupe de gentilshommes, l'un d'eux ayant reconnu le célèbre marin, s'avança délibérément vers lui et lui demanda d'un ton narquois :

— Vous êtes bien Jean Bart ?

— Moi-même, Monsieur, répondit-il.

— Nous avons appris votre dernier exploit et nous en restons stupéfaits... Pourriez-vous nous dire, à ces Messieurs et à moi, comment vous vous y êtes pris avec votre bâtiment pour vous échapper du cercle de navires de haut bord qui vous entouraient.

— Rien de plus facile, Monsieur, et je vais vous le démontrer à l'instant... Veuillez simplement vous ranger comme l'étaient les vaisseaux qui prétendaient m'empêcher de passer.

Aussitôt Jean Bart dispose en cercle les grands seigneurs qui l'entouraient, puis ayant fourré sa pipe dans sa poche, il fonce sur eux tête baissée, les assaille et les renverse l'un après l'autre avec un bruit tel que Louis XIV, pour se rendre compte du tumulte qui se produit dans l'antichambre, ouvre la porte du cabinet royal et reconnaît Jean Bart au milieu des nobles seigneurs couchés à terre.

— Voilà, Messieurs, s'écrie l'illustre marin, comme je m'y suis pris pour me débarrasser de mes adversaires.

XXXV

L'ELEVE DE FENELON

Fénelon se promenait depuis quelque temps dans son cabinet.

Son attitude sérieuse et un peu mélancolique trahissait une assez vive préoccupation : il pensait à son élève, le duc de Bourgogne.

Louis XIV l'avait nommé, depuis quelques mois, précepteur du jeune prince, son petit-fils ; c'était un honneur que Fénelon n'avait ni recherché ni décliné, mais qui ne tarda pas à lui paraître pénible.

Son élève avait huit ans à peine, et cependant son caractère hautain, son humeur fantasque, ses emportements de tous les jours mettaient à une rude épreuve la patience et la douceur de son illustre maître.

Fénelon déplorait amèrement ces mauvaises dispositions d'un enfant doué, d'ailleurs, de tant d'intelligence et de sensibilité ; il en rendait responsable l'éducation première du jeune prince, qui avait été, dès le berceau, l'objet de trop de soins et de caresses.

Sa naissance ayant été joyeusement accueillie par Louis XIV, la cour et la ville renchérirent sur l'affection que le roi témoigna à son petit-fils. Enfant, il vit sans cesse plier devant lui la volonté des hommes les plus puissants du royaume. Comment n'auraient-ils pas cédé à ses fantaisies, quand Louis le Grand lui-même ne savait rien refuser à ses caprices et à ses larmes ? Mais comment, de son côté, le duc de Bourgogne aurait-il pu résister à l'influence corruptrice de la flatterie, quand les âmes les plus fortement trempées se laissent si souvent enivrer par ce doux poison ?

Aussi ce petit prince était-il devenu un enfant gâté, dans toute la force du terme, et c'était d'un tel enfant que Fénelon devait faire un homme !

Absorbé dans ses réflexions, il cherchait en lui-même les moyens de dompter une nature aussi rebelle, quand la porte de son appartement s'ouvrit et un laquais annonça :

— Monseigneur le duc de Bourgogne !

— Vous m'avez fait mander, dit l'enfant d'un ton assez brusque ; ce n'est pourtant pas l'heure de vos leçons, que pouvez-vous me vouloir ? Vous allez encore me gronder, je gage. En vérité, depuis quelque temps on dirait que le fils du dauphin n'est au monde que pour s'entendre adresser des reproches.

— C'est qu'apparemment, monsieur, depuis quelque temps, le fils du dauphin n'a fait que des fautes, et qu'il n'a guère tenu compte des premiers avis qui lui ont été donnés.

— Ces fautes qu'il vous plaît de m'attribuer, on ne m'en disait rien avant que vous ne fussiez mon précepteur.

— Quand il a plu à Sa Majesté de remplacer votre gouvernante par un gouverneur, Mme la comtesse de Lamothe par M. le duc de Beauvilliers, n'avez-vous pas compris que vous entriez dans une voie nouvelle? Depuis qu'on a confié votre éducation à mes soins, ne sentez-vous pas que je ne puis passer à mon élève mille choses qu'on passait peut-être à un enfant? Ce que votre intelligence aurait dû deviner, eh bien, je vous l'apprends. On doit être humble, monsieur, quand on est aussi imparfait que vous l'êtes, et je m'étonne de vous voir montrer tant d'assurance dans un moment où votre conscience ne doit être rien moins que tranquille, si je suis bien informé.

Le duc se troubla un peu.

— Oh! reprit-il en hésitant d'abord, tout en affectant un air dégagé, je vois ce que vous voulez dire, un valet corrigé! Ma conscience ne s'alarme pas de si peu!

— Quoi! monsieur, vous avez frappé un homme, en abusant de sa position et de la vôtre ; vous vous êtes livré à un de ces mouvements de colère que vous m'aviez promis de réprimer ; vous avez manqué aux hommes, à vous-même, et votre conscience, dites-vous, ne s'alarme pas de si peu! Qu'attend-elle donc pour s'émouvoir? Que, dans un de vos accès de fureur, vous ayez commis quelque malheur irréparable, un crime, peut-être?...

— Monsieur, monsieur! dit le duc en écumant de colère, nul n'a le droit de me parler ainsi! Je ne permettrai un tel langage à personne, non, monsieur, à personne.

— Vous oubliez à qui vous vous adressez, répondit Fénelon d'un ton calme.

— C'est vous qui vous oubliez en me traitant ainsi. Car, enfin, monsieur, je sais ce que je suis et qui vous êtes.

A cette réplique insolente, Fénelon garda d'abord le silence. Mais le duc, en levant les yeux, vit sur les lèvres de son précepteur un sourire froid et dédaigneux qui le remplit de confusion et le fit rentrer aussitôt en lui-même.

Fénelon lui laissa le temps de songer à ce qu'il venait de dire et reprit bientôt avec une sévérité glaciale :

— Non, monsieur, vous ne savez ni ce que je suis, ni ce que vous êtes, et je vais vous l'apprendre. Vous êtes un enfant mutin qui n'avez encore ni le sentiment des convenances, ni celui de vos devoirs, et je suis chargé de vous donner l'un et l'autre ; — vous êtes un ignorant qui ne savez que peu de choses, et c'est à moi que vous devez le peu que vous savez ; — vous êtes un ingrat qui insultez ceux qui n'ont d'autre souci que votre bien, et moi je prends pitié de votre âge et je vous pardonne ; — vous êtes le petit-fils d'un roi, je le sais ; est-ce de ce titre que vous tirez vanité? Mais il n'y aurait qu'un insensé qui pût se faire un mérite de ce que le ciel a fertilisé son champ sans arroser celui de son voisin. Je suis donc plus que vous, monsieur, puisque vous me forcez à vous le dire, plus que vous par mon savoir, plus que vous par l'autorité que le roi et monseigneur m'ont remise sur mon élève. C'est uniquement pour leur plaire que je me suis chargé d'être votre précepteur, mais votre caractère rend cette tâche trop difficile, monsieur, et je vais, de ce pas, supplier Sa Majesté de vous en nommer un autre ; je souhaite que ses efforts aient un plus heureux succès que les miens. Rentrez dans votre appartement, monsieur, et ne le quittez qu'après avoir reçu les ordres du roi ; votre nouveau précepteur viendra vous les transmettre.

L'enfant sortit confondu. Il n'est pas plutôt seul qu'il sent tout ce que sa conduite a eu de blessant pour Fénelon. Il éclate en sanglots, veut aller se jeter aux pieds de son précepteur, mais des ordres avaient été donnés pour le tenir prisonnier dans sa chambre.

Le duc de Bourgogne avoua depuis que jamais nuit ne lui parut plus longue et plus cruelle que celle qu'il passa ainsi avec la conscience de sa faute, dans l'incertitude des conséquences qu'elle allait avoir.

Dès l'aube du jour, un exprès va, par ses ordres, prier Mme de Maintenon de se rendre auprès de lui. Il lui fait un aveu sincère de tous ses torts, la supplie d'intercéder en sa faveur, lui promet que c'est pour la dernière fois que son précepteur aura à se plaindre de lui.

Mme de Maintenon, après avoir longtemps résisté, cède pourtant à ses instances et l'amène chez Fénelon.

Le duc se jette à ses pieds et lui dit : « Monsieur, de grâce, oubliez les paroles que je rétracte, que je voudrais de toute mon âme n'avoir jamais prononcées. Ne parlez de rien au roi, ne refusez pas de me continuer vos soins. Pardonnez-moi encore. Je l'ai juré à Madame, je vous le jure à vous, de ma vie je n'oublierai cette leçon. »

Fénelon, touché de cette confession si franche, le presse dans ses bras, en disant : « Mon fils, songez que vous êtes appelé à commander aux hommes, et que, plus que tout autre, vous avez besoin de veiller sur vous, de savoir vous commander à vous-même. Je crois à votre repentir ; je veux bien, à la prière de madame, vous pardonner encore, mais quelle assurance aurai-je que vous ne retomberez plus dans de pareilles fautes ? »

Le duc réfléchit un instant. Tout à coup il saisit une plume et, d'une main ferme, trace ces mots :

« Je promets, foi de prince, à M. l'abbé de Fénelon de faire, sur-le-champ, ce qu'il m'ordonnera et de lui obéir dans le moment qu'il me défendra quelque chose, et si j'y manque, je me soumets à toute sorte de punition et de déshonneur.

« Fait à Versailles, le 29 novembre 1689.

« Louis ».

— Tenez, dit-il en remettant à Fénelon cet étrange engagement, voici ma réponse.

XXXVI

LE PASSAGE DU MONT SAINT-BERNARD

L'entreprise militaire la plus hardie peut-être que l'histoire ait enregistrée est le passage du Mont Saint-Bernard par Bonaparte.

Le premier Consul voulait reconquérir l'Italie. Pour accomplir cette action audacieuse, il avait prémédité d'y tomber comme la foudre qui écrase ou moment où jaillit l'éclair.

Bonaparte, pour n'éveiller aucun soupçon, passait en revue à Dijon trois ou quatre mille hommes, tandis que de nombreuses divisions se formaient sur d'autres points, que l'artillerie et les munitions filaient à marche forcée vers Genève par différents chemins ; lui-même s'y rendit bientôt pour visiter les bords du lac, feignant même d'avoir l'intention de s'y fixer quelque temps ; mais tout à coup il se rend à Lausanne, où déjà se trouvait l'avant-garde française commandée par le général Lannes.

Bonaparte, après l'avoir passée en revue, dirige lui-même la marche jusqu'au bourg de Saint-Pierre, à six milles du couvent des ermites qui habitent le sommet du Saint-Bernard. L'armée stationne à Martinack, presque au pied de la montagne ; elle s'y repose trois jours pour se préparer à de nouvelles fatigues.

C'était un spectacle singulier que de voir dans ces régions désertes tant d'hommes et de chevaux se préparant à franchir un passage aussi difficile par un chemin à peine praticable, bordé de précipices de chaque côté, où le moindre faux pas pouvait entraîner hommes et chevaux, tandis qu'au-dessus d'eux s'étagent des glaciers couverts de neige prêts à s'ébouler sur les régiments qui défilent et l'ébranlent de leurs pas.

Mais rien n'effraie le courage des soldats. Ils s'apprêtent à y monter comme si le lendemain était un jour de fête ; ils veulent eux-mêmes transporter l'artillerie et les munitions dans des endroits escarpés où les chevaux et les mulets ne sauraient les conduire.

On démonte les affûts ; les canons et les caissons sont placés dans des troncs d'arbres creusés en forme d'auge. Cent homme attelés à un câble les traînent à la prolonge. Les caissons vides et les essieux sont conduits sur des traîneaux fabriqués à Auxonne. Les mulets sont chargés de munitions renfermées dans des caisses de sapin.

Pour encourager les soldats, Bonaparte promet une récompense de mille francs par canon emmené avec son caisson au-delà de la montagne. Mais dans une telle circonstance, il n'est pas besoin d'exciter le courage des soldats français par l'appât d'une récompense. Le premier Consul donne l'exemple, les grenadiers le suivent, et tous les officiers eux-mêmes concourent à traîner ces fardeaux.

Après deux jours de travaux pénibles et de fatigues inouïes, on apporte à ces braves la somme promise : ils la refusent ; la seule récompense qui leur paraît digne d'une telle action est la gloire.

Le reste des soldats grimpent un à un, chargés de leurs armes, de munitions et de vivres pour cinq jours. Leur fardeau est doublé par celui de leurs camarades employés aux transports, et dont ils portent les armes, la nourriture et les munitions. Ce poids était d'environ trente-cinq kilos.

L'avant-garde française quitte Saint-Pierre le 18 mai 1800 ; la montagne recommence à devenir assez rapide pour ne plus pouvoir se servir de voitures, et l'on ne trouve plus de chemins battus.

Au sommet du Mont Saint-Bernard, on ne peut plus utiliser qu'un étroit sentier, juste assez large pour livrer passage à un homme de front ; les transports se font à dos de mulets ; des rochers entassés, entre lesquels on avance après de multiples détours, effraient continuellement les regards. Le chamois et l'alouette sont les seuls habitants de ces contrées désertes. Les soldats en s'élevant s'éloignent de toute vie ; les nuages se forment sous leurs peids ; ils n'aperçoivent autour d'eux que d'énormes masses de neige ; ils n'entendent que le bruit des avalanches se précipitant dans les abîmes avec un fracas épouvantable, tandis que la Durance et la Doria roulent leurs eaux dans les sinuosités de ces montagnes où la végétation est presque nulle ; les derniers sapins sont à une lieue de Saint-Pierre ; plus loin, on ne voit que quelques rares buissons ou des arbustes rabougris.

Sur la neige durcie, les animaux sauvages qui vivent à cette altitude ne laissent aucune trace de leur passage ; la nature semble morte et, dans ces parages désolés, règne un éternel hiver.

C'est sur ces monts escarpés, au milieu de ces précipices, que s'avance l'armée française. Aux endroits les plus difficiles, les clairons sonnent la charge et raniment ou soutiennent les courages défaillants. Les bataillons entonnent des chants guerriers, et les obstacles sont bientôt vaincus.

Si par malheur quelque soldat s'éloigne imprudemment de la ligne étroite qu'il doit suivre, il est infailliblement englouti. C'est dans la neige sur laquelle il marche que le soldat trempe son biscuit pour se désaltérer, et c'est en chantant qu'il se délasse de ses fatigues.

Cinq heures sont employées, le 18 mai 1800, pour parvenir à la cime du Saint-Bernard, où se trouve l'hospitalière maison des ermites, fondée par Saint-Bernard de Menthon, au Xe siècle. L'endroit où elle est située passe pour le point le plus élevé du globe où l'homme ait fixé son séjour.

Ces ermites, étrangers au reste du monde, ne sont en relation qu'avec quelques voyageurs que la curiosité ou le tourisme amènent dans ces lieux élevés, car tous les hommes, quels que soient leur rang, leur pays ou leur croyance, sont bien accueillis et assurés d'obtenir l'hospitalité au monastère.

Ces religieux ne bornent pas à cela leurs soins envers les voyageurs. Ils guident ceux qui sont égarés sous la neige et vont à la recherche de ceux que le froid a transis ou précipités dans les fondrières. Des chiens de forte taille sont dressés pour aller à la découverte des voyageurs perdus dans ces parages. Par leur haleine, ils les réchauffent, puis retournent au couvent annoncer par leurs aboiements qu'un malheureux en détresse est à secourir. On leur attache à la hâte au cou un panier rempli de cordiaux et de réconfortants et les religieux suivent, munis de cordages, de perches et d'échelles, afin de dégager le voyageur s'il se trouve enseveli sous la neige ; on le transporte à l'hospice, où des soins immédiats lui sont prodigués, et souvent ils ont la joie d'arracher des victimes à la mort.

C'est dans cette hospitalière maison que le premier Consul avait donné l'ordre de dresser pour l'armée des tables sur la neige ; les soldats y prirent un repas inattendu, qui, malgré sa frugalité, leur parut délicieux et suffisant pour réparer leurs forces épuisées. Les moines procédèrent eux-mêmes à la distribution des vivres.

A ce tableau singulier se joignait, non moins étrange en ces lieux pacifiques et solitaires, celui qu'offrait le terrain couvert de canons, d'affûts, de caissons, de traîneaux, de brancards, de mulets, de chevaux, de bagages et de munitions sur un plateau glacé d'où l'on dominait d'un côté l'Italie et de l'autre l'ancienne Gaule.

Ce sommet marquait les plus grands obstacles surmontés.

La descente du Mont Saint-Bernard, à Varny, premier village du Piémont, promettait moins de fatigues, mais offrait encore plus de dangers. Il restait six lieues à parcourir, mais que l'extrême rapidité de la descente rendait terribles. Le cavalier fut obligé d'y précéder ou d'y suivre son cheval ; il ne pouvait marcher à son côté sans s'exposer à tomber dans les abîmes.

On rencontrait fréquemment des crevasses formées par la fonte des neiges ; les chevaux eux aussi faisaient des glissades périlleuses. Les hommes, malgré les plus grandes précautions, tombaient souvent et, s'ils ne se relevaient prestement, couraient le risque d'entraîner leurs montures au delà du sentier suivi et de périr avec eux. On en vit disparaître plusieurs dans des abîmes d'une effroyable profondeur.

Bonaparte, après s'être reposé une heure au monastère, voulant rejoindre son armée, suivit un sentier frayé par ses fantassins. Presque au milieu du chemin, la descente se trouva si rapide qu'il fut obligé de s'asseoir et de se laisser glisser sur une longueur de plus de cinquante mètres. Ses aides de camp précédaient les colonnes dans cette marche pénible, qui dura depuis une heure du matin jusqu'à neuf heures du soir. Toute l'armée employa trois jours à défiler avant d'arriver à Etroubles, près d'Aoste, non loin des avant-postes autrichiens.

Le passage des Alpes par Annibal, il y a deux mille ans, paraissait difficile à concevoir. Ce général avait des chevaux et des éléphants à conduire, mais il n'avait ni artillerie, ni munitions encombrantes à transporter : il y laissa la moitié de son armée, tandis que Bonaparte perdit peu de monde.

Les troupes Carthaginoises furent découragées par tant de fatigues : les Français les supportèrent en chantant. Annibal ne pénétra sur les Alpes que par un point unique ; Bonaparte attaquait son ennemi par tous les passages, comme par tous les défilés praticables de cette chaîne de montagnes.

Au moment même où le général Moncey traversait le Saint-Gothard avec vingt mille hommes et marchait sur Bellinzone et Milan, le général Berthancourt gravissait avec trois mille hommes le Simplon, pour descendre dans les plaines du Tessin, tandis que le général Chabran, à la tête de quatre mille hommes, entrait dans la vallée d'Aoste par le petit Saint-Bernard ; le général Thureau descendait du Mont Genève pour attaquer Turin.

Enfin Bonaparte sut, par sa tactique, conduire une opération militaire des plus compliquées sur un terrain fort étendu, harceler de tous côtés son ennemi, le forcer à abandonner ses projets, le menacer de lui couper sa retraite vers l'Allemagne et le conduire malgré lui dans les plaines de Marengo, champs de bataille immortalisés par les éclatantes victoires de l'armée française.

XXXVII

LA MORT DE KLEBER

Après avoir détruit l'armée turque à Aboukir, Bonaparte rentra en France, en août 1799, laissant le commandement de l'armée au général Kléber, qui s'occupa d'améliorer les différents services de l'armée et par de sages règlements réforma un grand nombre d'abus. Il conquit l'admiration des musulmans, qui l'appelaient le *Sultan juste*.

Le 14 moi 1800, Kléber, qui avait son quartier général à Gizeh, sortit à dix heures du matin avec son état-major, escorté par ses guides et alla passer la revue de la légion grecque dans l'île de Roudah. Il revint ensuite au Caire, et, après avoir examiné avec l'architecte Prosin les réparations que l'on faisait à son palais, qui avait beaucoup souffert pendant le dernier siège, ils allèrent déjeuner ensemble chez le général Damas, chef de l'état-major général de l'armée. Kléber, au milieu de ses amis, se montra fort gai. Le déjeuner se prolongea jusqu'à deux heures de l'après-midi, puis le général en chef retourna à son palais pour en examiner de plus près les travaux.

Il projetait quelques embellissements avec l'architecte Protin, en se promenant sur une longue terrasse couverte d'un berceau de vignes, qui reliait son palais à celui du général Damas, quand un homme, vêtu à l'orientale, sort d'une galerie.

Se présentant devant Kléber, selon l'usage des Turcs, le musulman s'incline comme pour baiser la main du général, et au même instant, il lui plonge un poignard dans l'aîne.

Kléber, blessé mortellement, s'appuie au mur de la terrasse, et, apercevant un cavalier de la compagnie des guides, il lui crie : « A moi, guide, je suis blessé !... » et il tombe ensanglanté.

L'architecte Protin n'avait qu'une baguette à la main ; il se jette sur le musulman, qui restait immobile devant sa victime. Une lutte furieuse s'engage entre eux au cours de laquelle le Français, percé de coups de poignard, sombre sans connaissance à côté du général.

L'assassin revient alors sur Kléber, le poignarde à nouveau et s'enfuit dans les jardins.

Le guide, accouru au cri de son chef, le trouve étendu sur la terrasse. En un instant tous les convives du général Damas sont réunis autour de leur malheureux ami. Ils l'interrogent, mais il ne peut leur répondre, quoiqu'il respire encore. On le transporte chez le chef d'état-major général, où tous les secours lui sont inutilement prodigués. Après une heure de souffrance, il rend le dernier soupir.

L'assassinat du général en chef se répand dans la ville et jette la consternation dans l'armée.

L'architecte Protin, revenu de son évanouissement, déclare que l'assassin lui a paru être un musulman assez mal vêtu. Aussitôt les guides et les mamelucks fouillent le palais et le jardin et bientôt l'on amène un jeune homme qu'ils ont trouvé tapi sous un nopal touffu. L'architecte le reconnaît ; un aide de camp du général le reconnaît également pour l'avoir vu à Gigeh, parmi les domestiques de Kléber ; enfin un des guides qui a amené le prévenu retourne à l'endroit où il l'a découvert et y trouve un poignard teint de sang. On l'interroge ; il déclare s'appeler Soleyman-el-Habbi, né en Syrie, âgé de vingt-quatre ans, exerçant la profession d'écrivain, mais il nie formellement avoir connaissance du crime ; il soutient n'avoir jamais vu le général Kléber. Cependant, après avoir reçu la bastonnade sur la plante des pieds, il se décide à s'avouer coupable.

Un conseil de guerre, nommé par le général Menou, s'assemble chez le général Damas et Soleyman est condamné à avoir le poing brûlé, puis à être empalé. Il est décidé qu'à l'instar des expiations antiques, l'exécution n'aura lieu qu'après les obsèques du général en chef.

Le corps de Kléber fut embaumé et renfermé dans un cercueil de plomb.

Le canon tirait de demi-heure en demi-heure depuis l'instant où le vainqueur d'Héliopolis avait cessé de vivre.

Le 17 juin, au lever du soleil, des salves d'artillerie de la citadelle et des forts annoncent aux habitants du Caire et des environs que l'armée française va rendre les honneurs funèbres à son général en chef.

Au bruit d'une salve de cinq pièces de canon et d'une décharge de mousqueterie, le convoi part et traverse lentement la ville du Caire.

Les Turcs, sur le passage du cortège, sont devant leurs boutiques fermées, les bras croisés sur la poitrine et la tête baissée vers la terre ; ils observent tous le plus profond silence.

Le convoi se dirige vers le camp retranché désigné sous le nom d'Ibrahim-Bey, où doivent être déposés les restes de l'illustre guerrier. Il marche dans l'ordre suivant : un détachement de cavalerie formant l'avant-garde, cinq pièces d'artillerie de campagne, le 22e d'infanterie légère, le 1er régiment de cavalerie, les guides à pied ; plusieurs musiques militaires, exécutant tour à tour des marches funèbres ; le corps de Kléber, placé sur un char funéraire de forme antique, recouvert d'un tapis de velours noir parsemé de larmes d'argent, entouré de trophées d'armes, surmonté du casque et de l'épée du général et traîné par six chevaux drapés en noir et panachés en blanc. Le général Menou marche immédiatement après le char qui est environné des officiers généraux que précèdent les aides de camp du général. Viennent ensuite l'état-major de la place, le génie, l'Institut, les officiers de santé, les administrations, les agas, les cheiks, les évêques, prêtres et moines grecs ; les différentes corporations de la ville, les marins, les sapeurs, les aérostiers, l'artillerie à pied, les mamelucks et Syriens à cheval. Un détachement de cavalerie française ferme la marche.

Le convoi arrive à onze heures sur l'esplanade du fort de l'Institut. Le char s'avance vers le camp retranché. On avait ouvert une brèche sur la face du bastion nord pour pénétrer plus directement dans la gorge du bastion, au centre de laquelle on a élevé un tertre, dont le sommet, planté de cyprès, est entouré de draperies funéraires.

C'est au milieu de cette enceinte que l'on dépose le corps de Kléber sur un socle entouré de candélabres de forme antique.

L'état-major général met pied à terre pour saluer les restes du héros. Des militaires de toutes armes et de tous grades s'avancent en foule et jettent sur le tombeau des couronnes de cyprès et de lauriers.

Alors le commissaire français Fournier va se placer, environné de l'état-major général et des grands officiers civils et militaires du Caire, sur un bastion qui domine l'armée rangée en bataille, et, d'une voix émue, il prononce un discours qu'il termine ainsi :

« Kléber, objet illustre et, dirai-je, infortuné de cette cérémonie, reposez en paix, ombre magnanime et chérie, au milieu des monuments de la gloire et des arts ! Habitez une terre depuis si longtemps célèbre ; que votre nom s'unisse à ceux de Germanicus, de Titus, de Pompée et de tant de grands capitaines et de sages qui ont laissé, ainsi que vous, dans cette contrée d'immortels souvenirs. »

Un profond recueillement succède à la vive émotion qu'a produite l'orateur. Les troupes défilent ensuite par pelotons, s'arrêtent devant le sarcophage, font une troisième décharge de mousqueterie, pendant que l'artillerie de campagne. celle de la citadelle, des forts et du camp retranché tirent également ; elles quittent l'esplanade et reprennent le chemin du Caire.

XXXVIII

LE TAMBOUR-MAJOR AU SIEGE DE SARAGOSSE (1809)

Le jeune Marius Cadenet, natif de Marseille, ne put résister à l'appel de la « patrie en danger ».

Il partit avec la section de *Brutus Phocéeus*. Il obtint, bien qu'à peine âgé de treize ans, d'être incorporé comme *lapin* à la *clique* d'un de ces bataillons marseillais qui allaient se couvrir de gloire durant les guerres qui eurent lieu sous la Révolution.

Marius Cadenet roula sur sa caisse des rrrra et des flaaaa qui servirent d'accompagnement à la *Marseillaise* ; il se montra brave et discipliné, et à dix-huit ans gagnait les galons de laine de caporal tambour.

Le caporal Cadenet s'étant signalé maintes fois pour ses vertus militaires, le Directoire lui décerna des *baguettes d'honneur* en récompense de son courage et de sa vaillance.

Il sut se montrer toujours digne de cette haute récompense, et reçut, en 1806, la canne de tambour-major, objet de son ambition. Il passa aux chasseurs voltigeurs de la garde en 1808.

Ce fut en janvier 1809 que **Marius Cadenet** accomplit le fait d'armes héroïque que nous allons retracer.

Le maréchal Moncey ayant été remplacé par le général Junot au commandement des troupes assiégeant Saragosse, ce dernier fixait l'ordre d'attaquer dans la nuit du 29 au 30 décembre 1808 ; du 10 au 16 janvier 1809, notre infanterie enleva les deux ponts sur la Huerta, le 27 janvier l'assaut fut donné. Les Espagnols se barricadèrent dans les maisons et par un feu nourri brisèrent l'élan de nos troupes.

Les chasseurs voltigeurs de notre avant-garde s'étaient arrêtés au faubourg Saint-Jacques, il leur fallait traverser la place de l'Eglise pour pénétrer au cœur de la ville ; ce vaste espace découvert était exposé au feu des maisons environnantes. Trois fois les chasseurs se sont élancés, et trois fois, malgré leur intrépidité, ils ont dû se replier en éprouvant des pertes sévères.

Tout à coup Cadenet, quittant ses tambours, s'approche du commandant Lhomont et sollicite la faveur de lui exposer une requête. Le commandant l'écoute avec bienveillance, pourtant il semble hésiter, puis brusquement il prend une décision ; serrant la main de Cadenet, il lui dit : « C'est bien, mon brave, l'Empereur connaîtra votre conduite, allez, faites selon votre désir. »

La place Saint-Jacques est déserte, les chasseurs sont massés dans les rues adjacentes, prêts à bondir ; les tambours groupés dans une encoignure attendent baguette haute. Cadenet, se retournant vers eux, donne le signal de la charge, puis s'avançant seul, il commence à traverser la place au pas cadencé, à sa main droite levée voltige la longue canne, dont les moulinets compliqués entourent sa tête d'une auréole. Le soleil fait étinceler son magnifique costume bridé d'or.

Il avance dans un rayonnement de gloire, calme et tranquille...

De toutes les fenêtres, de toutes les portes des maisons de la place les coups de feu partent vers lui, les balles sifflent en rafale. Cadenet avance toujours, il descend les degrés sans se hâter.

Les Espagnols, stupéfaits de sa témérité, ne songent qu'à abattre cet homme, assez insensé pour braver leur fureur ; toute la mousqueterie converge sur cette cible vivante.

Il a presque atteint l'extrémité de la place... Une balle le frappe, il chancelle, mais avance toujours, la fusillade s'acharne, il est touché une seconde fois, mais ne s'arrête pas ; par un dernier effort, il brandit sa haute canne, la fait tournoyer, les chasseurs ont vu le signal, ils bondissent, la charge est lancée, la place franchie, nos fantassins sont dans la ville.

Mais le tambour-major Cadenet ne voit pas la victoire couronner son sacrifice : deux balles l'atteignent encore, l'une à la tête, l'autre au cœur ; il tombe en criant : « Vive l'Empereur !... »

...Cependant que chasseurs, voltigeurs et grenadiers se rendent maîtres de Saragosse et brisent les dernières résistances des assiégés.

XXXIX

LE LOUIS D'OR

Par une froide soirée de l'année 1783, la neige tombait à flocons épais, et un âpre vent du nord, balayant les quais de la Seine, s'engouffrait en sifflant dans les rues voisines.

De rares passants, marchant d'une allure pressée, remarquaient à peine un jeune garçon qui, blotti dans l'encoignure du Pont-Neuf, implorait la charité d'une voix dolente. Mais personne ne daignait s'arrêter devant le pauvre enfant, pour lui faire l'aumône, chacun ayant hâte de regagner un logis bien clos et bien chaud.

Il désespérait de recevoir la moindre obole, ce soir-là, lorsque tout à coup un grand jeune homme, vêtu d'un riche vêtement et de tournure distinguée, s'arrêta devant lui en poussant une exclamation navrée :

— Oh ! le pauvre petit ! s'écria-t-il.

Et en même temps, fouillant dans sa poche, l'inconnu compatissant remit au garçonnet une belle pièce d'or. Lorsqu'il la vit briller entre ses doigts, Claudin, — c'était le nom de l'enfant — pensa que le généreux donateur s'était trompé. Comme il était honnête, il courut vivement après lui, afin de lui signaler son erreur.

— Monseigneur, lui dit-il, vous venez de me remettre une pièce d'or par erreur.

— Non, mon petit ; garde-la et qu'elle te porte bonheur.

— Merci, monsieur, merci mille fois ! mais de grâce, dites-moi votre nom...

— Et pourquoi as-tu besoin de le savoir ?

— Afin de le graver dans mon cœur, parce qu'il me semble que cette pièce sera le commencement de ma fortune.

— Je te le souhaite, mon enfant.

Cependant, le passant charitable continuait à marcher sans satisfaire le désir de l'enfant. Celui-ci crut devoir répéter sa question.

— Monsieur, monsieur, reprit le petit mendiant, dites-moi votre nom, je vous prie, ou je refuse votre aumône.

— Puisque tu y tiens, dit le passant, intrigué par l'insistance de l'enfant, dis-moi d'abord comment tu t'appelles ?

— Claudin, monsieur.

— Eh bien, Claudin, accepte, par-dessus le marché, une poignée de main du marquis de Cernay.

Après quoi, il s'éloigna d'un pas rapide.

***

Vingt-trois ans ont passé depuis la scène que nous venons de raconter. Un homme d'âge mûr, mais d'allure aristocratique, se tenait pensif et solitaire dans la pièce d'un modeste hôtel que garnissaient quelques pauvres meubles, cependant qu'à la muraille se voyaient appendues une fine et riche épée au-dessous d'une croix de Saint-Louis.

Cet homme, un noble de l'ancien régime, à qui un récent décret venait de rouvrir les portes de France, n'était autre que le marquis de Cernay.

Quel orage avait donc bouleversé la vie de ce seigneur jadis heureux, aujourd'hui pauvre et misérable, réduit au plus pitoyable dénûment ? La France avait connu les sombres et tristes jours de quatre-vingt-treize. Comme beaucoup d'autres nobles, le marquis, resté fidèle à la cause royaliste, avait émigré et, pendant son séjour à l'étranger, son hôtel et ses domaines avaient été vendus.

A son retour, il eût pu, en s'adressant à la justice, essayer de rentrer en possession de quelques-uns de ses anciens biens ; mais, pour cela, il lui aurait fallu soutenir de longs et coûteux procès et il était dans l'impossibilité matérielle de les entreprendre.

C'est en vain qu'il avait été frapper à la porte de ses anciens amis, de ceux-là même qu'il avait autrefois secourus à l'époque de sa prospérité. Il n'avait essuyé que des refus ou obtenu de vagues promesses qui ne servaient qu'à masquer l'indifférence ou l'ingratitude.

Un soir que, plongé dans ses tristes réflexions, il envisageait froidement sa lamentable situation, il fut fort étonné d'entendre heurter à sa porte. Il alla ouvrir et se trouva en présence d'un inconnu dont l'habillement indiquait l'opulence.

— C'est bien au marquis de Cernay, fit ce dernier, que j'ai l'honneur de parler ?

— A lui-même, monsieur, répondit le noble déchu. Quel est le motif qui me procure l'avantage de vous voir ?

Sans répondre, le visiteur examinait attentivement le chétif mobilier de la chambre ; puis il considéra le marquis avec une respectueuse compassion.

Comme blessé de l'attention dont il était l'objet, M. de Cernay reprit d'un ton hautain :

— Je vous ai demandé, monsieur, ce que vous désirez.

— Je vais vous l'apprendre, monsieur le marquis, répondit l'inconnu ; mais avant voulez-vous me permettre de vous poser une question afin de savoir comment il se fait que M. de Cernay habite ici au lieu de son riche hôtel du faubourg Saint-Germain ?

— De quel droit me questionnez-vous ainsi ? Vous qui connaissez si exactement mon nom, vous ne devez pas ignorer certaines particularités de ma vie. Tous mes biens ont été vendus et j'ignore même le nom de leur possesseur actuel.

— Vous vous trompez, monsieur le marquis : vous êtes toujours comme jadis propriétaire du riche héritage de vos ancêtres et, en outre, je vous apporte trois cent mille francs qui vous appartiennent.

— Assez, monsieur !... J'ai souffert l'exil et la misère, mais je ne supporterai pas semblable humiliation...

L'étranger, sans paraître surpris de ce mouvement de vivacité, reprit d'une voix émue :

— Vous souvenez-vous, monsieur le marquis de Cernay, d'un petit mendiant à qui, un soir d'hiver, vous avez donné, au coin du Pont-Neuf, une pièce d'or ?

— Non, monsieur. Et je me demande quel rapport existe entre une aumône insignifiante et l'offre blessante que vous venez de me faire ?

— Justement, et c'est pourquoi j'insiste... Car la circonstance qui vous échappe fut précisément le point de départ qui me permit de vous rembourser aussi aisément le louis jadis si généreusement donné. Ce détail futile contient en lui-même toute une existence... Vous souvenez-vous de Claudin ?

— Claudin ? Attendez... Oui, un soir d'hiver... Près du Pont-Neuf....

— Juste... Eh bien ! Claudin, c'est moi... Aujourd'hui, riche négociant parisien, grâce au louis dont vous me fîtes don jadis...

— Très bien, monsieur Claudin, dit M. de Cernay, qui, à présent, reconnaissait son interlocuteur. Mais cette fortune légitimement acquise vous appartient en propre, et je n'y ai aucun droit.

— Pardon, monsieur le marquis, puisqu'elle provient uniquement du louis que vous me donnâtes... Au lendemain du jour où je l'eus reçu, je me livrai à un petit commerce qui prospéra et me permit de me lancer dans des spéculations plus étendues et plus fructueuses.

— Je vous félicite, monsieur, reprit le marquis de Cernay, de cette heureuse fortune, mais cet argent loyalement acquis n'appartient qu'à vous seul...

— C'est ce qui vous trompe, car vous fûtes dans cette affaire mon associé, grâce à l'argent prêté, la première mise de fonds que je dois à vous seul, et la preuve, c'est qu'après mes modestes débuts, je fondai un établissement plus important, avec cette enseigne significative : Au louis d'or, *Claudin et Cie*...

— Sans doute, mais alors, vous prîtes un associé.

— En effet, mais mon associé vivait depuis longtemps hors de France. Cependant, chaque année, sa part des bénéfices a été scrupuleusement mise de côté ; elle a servi à racheter ses biens et aujourd'hui, monsieur le marquis, je viens vous rendre mes comptes ; ces trois cent mille francs sont à vous et Claudin supplie monsieur le marquis de Cernay de vouloir bien les accepter comme Claudin a jadis accepté la pièce d'or du marquis de Cernay.

A partir de ce moment, les deux hommes, qui s'étaient compris, ne prononcèrent plus un mot ; mais le marquis serra énergiquement la main de Claudin et, depuis ce jour, ils demeurèrent des amis inséparables, au point que lorsqu'il y avait un dîner de cérémonie à l'hôtel du marquis de Cernay, Claudin occupait la place d'honneur à la droite de la marquise.

XL

SOUVENIRS D'AFRIQUE

Les guerres pour la conquête de l'Algérie ont été marquées par d'innombrables traits d'héroïsme. Là comme ailleurs le soldat français fit merveille ; il accomplit simplement des prouesses de bravoure et on le retrouva tel qu'il s'est toujours montré au cours de notre histoire.

Parmi tant d'actes éclatants de courage et de valeur, qu'il suffise de rappeler celui du clairon Bernard.

C'était un Parisien, engagé volontaire, au 18e bataillon de chasseurs à pied. Il fit toutes les campagnes d'Afrique de 1830 à 1846 et reçut la croix de chevalier de la Légion d'honneur sur le champ de bataille.

Mais où il se signala particulièrement, ce fut durant la dernière campagne, 1845 ; au désastre de Sidi-Brahim, il brûla jusqu'à sa dernière cartouche. Quand les projectiles lui manquèrent il utilisa sa baguette ; quand il n'eut plus rien à mettre dans son fusil, il s'élança à l'arme blanche, mais entouré, écrasé par le nombre, il fut garrotté et conduit, pendant l'action, à Adb-el-Kader, qui, à l'ombre d'un figuier, suivait toutes les péripéties du drame sanglant qui se déroulait sous ses yeux.

Il lui ordonna de jouer du clairon.

— Sonne, lui dit-il, afin que les Français cessent le feu.

Bernard, sans se décontenancer, embouche son clairon et envoie à ses vaillants camarades, qui se défendent commes des lions tombés dans une embuscade, les notes vibrantes d'une charge endiablée.

L'héroïque phalange, qui combat avec l'énergie du désespoir, croyant à l'arrivée d'un secours, s'élance soudain avec une impétuosité irrésistible dans la direction du clairon et, comme un flot soulevé par la tempête, elle rompt la digue de fer qui l'enserre, apportant presque jusqu'à l'émir l'écume rouge de sa vague furieuse. Ce fut le dernier effort. Tous ceux qui n'étaient pas morts étaient au pouvoir de l'ennemi !...

Bernard, déjà capturé, fut emmené en captivité avec ses compagnons d'infortune. Mais les Arabes n'avaient pas pour coutume de s'embarrasser de prisonniers. Comprenant très bien la langue du pays, il surprit des conversations et apprit que les vainqueurs se préparaient à les massacrer en masse ; il fit part de ce sinistre projet à ses camarades et les avertit de l'heure fatale.

— C'est pour cette nuit, leur dit-il, veillez !

Seul, il ne désespère pas, et la main armée d'un coutelas qu'il a trouvé, il attend... A minuit, une effroyable clameur retentit : c'est le signal ! Dès que les Arabes paraissent, il bondit, s'élance et plonge son arme dans la poitrine du premier Arabe qui se présente, enjambe son cadavre et sort du gourbi. On le poursuit ; il fuit de toute la vitesse de ses jambes. Une haie de clôture l'arrête ; un coup de baïonnette, qui devait le clouer sur place, lui passe entre les jambes ; d'un bond, il franchit l'obstacle ; il est hors de l'atteinte de ses assaillants, lorsque deux Béoduins, qui se trouvent sur son passage, le saisissent par la ceinture de son pantalon ; il se débat avec frénésie, et son pantalon reste aux mains de ses agresseurs. Il se sauve en chemise. Des coups de fusil sont tirés sur lui sans que les balles l'atteignent. Il continue sa course folle, gagne une colline, et, haletant, s'arrête enfin. De ce point, il assiste, à la lueur de l'incendie, et à l'égorgement de ses camarades dont il entend les cris d'angoisse et de douleur. Puis le silence se fait : le sacrifice est consommé.

Il se trouve seul et se remet en marche. Après avoir traversé la Moulaïa, il s'enfonce dans une forêt. Pendant trois jours, il erre à l'aventure, n'ayant pour se guider que les étoiles du firmament.

Harrassé, meurtri, engourdi par le froid de la nuit, brûlé par le soleil durant le jour, grelottant de fièvre, presque nu, assailli par des orages terribles, traqué par les hommes, menacé par les bêtes fauves, il va toujours ne prenant pour toute nourriture que quelques figues cueillies aux arbres qu'il rencontre sur sa route.

Enfin, le soir du troisième jour, à l'entrée d'un village, il se trouve en face de deux Kabyles. L'un d'eux lève le bras pour le poignarder ; son compagnon l'arrête ; Bernard est enchaîné et, avec l'espoir d'obtenir une récompense, ils le conduisent au camp français assez éloigné de là.

Mais le résultat fut tout autre que celui qu'attendaient les deux Arabes. Ils furent retenus prisonniers, tandis que le clairon accueilli, choyé, fêté, reçut les honneurs dûs à sa vaillance.

Quelques jours après, une colonne partait en expédition. Bernard voulut en être. Afin de ménager ses forces encore chancelantes, le général lui permit de suivre simplement en volontaire.

Au cours de cette chevauchée, après un engagement récent, comme il furetait à droite et à gauche avec l'espoir de dénicher l'ennemi, il aperçoit dans une caverne, à travers une fissure de rocher, des Kabyles coiffés de képis français, les képis des martyrs de Sidi-Brahim !...

A cette vue, le sang de Bernard bouillonne ; sans hésiter, il s'élance au fond du trou et tombe au milieu des Arabes stupéfaits de cette arrivée inopinée.

Il est accueilli par une décharge générale ; Le clairon ne perd pas son sang-froid ; s'acculant au mur de la caverne, il s'escrime de sa baïonnette comme un forcené ; il frappe droit devant lui.

Quand on vint à son secours, on le trouva debout devant un monceau de cadavres, les vêtements couverts de sang et troués de balles, mais sans une égratignure...

Le commandant du détachement serra avec effusion les mains du brave soldat. Le général lui fit accorder les honneurs du triomphe. Placé sur un caisson d'artillerie, il le fit passer devant les troupes rangées en bataille et Bernard défila de la sorte sur le front de bandière.

Le soir, il dîna à la table de l'état-major et comme l'on s'extasiait sur sa chance extraordinaire, il déclara :

— Mon général, c'est que je porte un talisman précieux qui jusqu'ici m'a merveilleusement protégé.

Et ouvrant sa tunique, il montra, brillant sur sa poitrine, une petite médaille qu'il portait depuis son enfance.

XLI

LE MARABOUT DE SIDI-BRAHIM

Le 23 septembre 1845, une colonne composée de 350 hommes du 8e bataillon de chasseurs et d'un escadron du 2e hussards, se trouvait entourée à l'improviste par des forces arabes dix fois supérieures que commandait Abd-el-Kader en personne.

Pendant trois heures elle lutta désespérément. Mais sous le nombre des assaillants, exaltés par la présence du grand émir, elle succomba presque tout entière.

La compagnie des carabiniers, sous les ordres du capitaine de Géreaux, restée en arrière à la garde des bagages, s'était retirée dans le marabout de Sidi-Brahim, dont le nom jusqu'alors inconnu allait être immortalisé à jamais par l'héroïsme français.

Les trois autres compagnies du 8e bataillon et l'escadron de hussards ayant été anéantis, Abd-el-Kader s'acharna contre la poignée d'hommes qui, enfermés dans une bicoque, osaient insolemment lui tenir tête.

Le capitaine Dutertre, blessé à la tête, avait été fait prisonnier dès le début de la surprise.

Abd-el-Kader, furieux de voir toutes ses attaques échouer et toutes ses propositions de capitulation repoussées, imagina un procédé d'intimidation comme en peuvent seules concevoir des âmes barbares ignorantes des générosités que pratiquent les peuples civilisés.

Il fit venir Dutertre.

— Va trouver les tiens, lui dit-il, et renouvelle-leur ma propisition. Engage-les à se rendre : je leur accorde la vie sauve. Sinon je les exterminerai jusqu'au dernier. Quant à toi, si tu ne réussis pas à convaincre tes frères, je te ferai couper la tête et je donnerai ton cœur en pâture à mes sloughis (chiens lévriers). Mais avant, tu vas me jurer que tu n'entreras pas dans la Kouba et que tu reviendras te constituer mon prisonnier.

— Je le jure, dit Dutertre.

Il sait qu'Abl-el-Kader tiendra sa parole : l'exaltation et la colère de l'émir ne lui laissent aucun doute.

Mais Dutertre est de ces soldats chez qui l'esprit de sacrifice fait des héros ; au moment même où Abd-el-Kader lui promet la mort s'il ne réussit pas dans son ambassade, sa résolution est prise.

Librement, délibérément, Dutertre s'avance jusqu'au pied des murs du marabout. Des vivats l'acclament. Il fait un geste pour réclamer le silence.

Quand il l'a obtenu, il s'écrie :

— Chasseurs, mes camarades, si vous ne vous rendez pas, on va me couper la tête. Défendez-vous jusqu'à la mort !

Puis, fidèle à sa parole, il retourne au camp arabe porter la réponse des défenseurs du marabout.

Quelques instants plus tard la tête de l'héroïque capitaine Dutertre était promenée au bout d'une lance sous les murailles du petit fortin...

Mais son exemple était une sublime leçon de courage : les carabiniers du 8e bataillon de chasseurs ne se rendirent pas.

A bout de vivres, ils tentèrent une sortie désespérée, et, réduits à treize, réussirent à rejoindre la garnison de Dyemmaa-Ghazouat.

XLII

UN RENFORT INATTENDU

Après la conquête de l'Algérie, à une époque où notre grande colonie africaine n'était pas encore entièrement pacifiée, de nombreux condamnés étaient souvent envoyés dans ces territoires nouvellement conquis afin d'y être employés à des travaux de défrichement.

A l'extrême limite du département d'Oran, sur la frontière du Sahara, un poste fortifié, seulement gardé par une compagnie d'infanterie, avait reçu environ cinq cents déportés, que le capitaine, suivant les ordres reçus, occupait à déboiser, à travailler la terre ou à l'assainir. La vie, dans ces solitudes immenses, s'écoulait pour tous, gardiens et prisonniers, morne et triste.

Un jour pourtant, une certaine agitation se manifesta dans le camp français au lieu du calme qui y régnait d'ordinaire. Les prisonniers remarquèrent sans peine cette différence anormale.

C'est qu'alors, dans ce pays encore insoumis, les postes isolés étaient l'objet, de la part des Arabes, de fréquentes attaques.

Or, le jour dont nous parlons, les sentinelles avancées venaient de se replier vers le fort en signalant la présence de cavaliers ennemis aperçus au loin. Ils ne tardèrent pas d'ailleurs à paraître, leurs longs burnous flottant au galop rapide de leurs coursiers. Peu à peu leur nombre augmenta et bientôt, semblables à de grosses sauterelles blanches, ils couvrirent toute la plaine.

Le capitaine commandant le fort se montrait terriblement anxieux. S'il avait des armes et des munitions en grande quantité, il ne comptait que quatre-vingts hommes de troupe, et les Arabes qui les cernaient étaient plus d'un millier. De plus, il ne devait compter sur le moindre secours. Si seulement il avait pu utiliser ses forçats, comme ils les appelait. Mais il ne fallait point songer à armer des rebelles qui eussent profité de cette situation critique pour essayer d'obtenir leur délivrance.

Et pourtant, avec leur concours, la résistance eût pu s'organiser, il eût tenté de tenir tête à cette attaque. Sans eux, c'était à coup sûr l'écrasement, étant donné le nombre des assaillants. Mais il le reconnaissait à première vue, c'eût été une grave imprudence que de confier des fusils à des hommes considérés comme des révoltés.

Tandis qu'il était plongé dans de profondes réflexions, marchant de long en large à l'intérieur du fortin qu'il commandait, le capitaine n'avait pas remarqué que, depuis un instant, un homme portant le costume des déportés le considérait respectueusement à quelque distance.

Soudain, le forçat s'avança vers l'officier, fit le salut militaire, et, d'une voix grave, lui dit :

— Mon capitaine, pardonnez-moi de vous aborder ainsi ; mais je vous observe depuis un instant, et je lis couramment les pensées qui obsèdent votre esprit. Elles ne sont pas gaies, car vous êtes inquiet à l'idée de ce que vous allez faire devant cette invasion d'Arabes.

Le capitaine, ennuyé de se voir deviné, répliqua d'un ton dur en s'arrêtant devant l'homme :

— Que vous importe, en somme, ce qui va advenir ?

— Vous vous trompez, mon capitaine, il m'importe beaucoup, au contraire, et je tiens à vous montrer que, si nous sommes des révoltés, puisque l'on nous traite pour tels, nous n'en sommes pas moins et avant tout des Français... Faites-en l'expérience, et nous le prouverons.

Ces paroles, prononcées d'une voix mâle et énergique, d'un ton sincère et résolu, firent impression sur l'officier, qui fixa attentivement ses yeux dans ceux de l'homme qui lui parlait.

Le forçat paraissait âgé d'une quarantaine d'années, ses cheveux grisonnants et des rides précoces le vieillissaient prématurément, mais son regard clair et droit décelait la franchise et la sincérité.

— Si je comprends bien la proposition que vous me faites, monsieur, vous demandez que je vous confie des armes pour renforcer mes hommes dans la lutte que nous allons engager contre les Bédouins qui nous cernent de toutes parts... Mais qui me donne l'assurance que le combat fini, vos compagnons ne tourneront contre nous les armes que je leur aurai remises ?

D'une voix calme et assurée, l'homme répondit :

— Mon officier, nous ne sommes pas des bandits, mais, je le répète, des Français. Je vous parle au nom de tous mes camarades, et je vous jure que, l'engagement terminé, les survivants vous rendront leurs armes.

Le capitaine indécis gardait le silence. D'une voix triste, mais ferme, le déporté ajouta :

— Je ne suis qu'un forçat et ma parole n'a pas grande valeur, mais néanmoins, je vous le jure !

Alors le commandant du détachement sembla prendre une résolution décisive. Appelant un lieutenant, il donna l'ordre de distribuer aussitôt des fusils aux cinq cents détenus.

Il était temps, car à peine tous les hommes, y compris les forçats, se trouvaient-ils prêts à se défendre, que les Arabes, en troupe compacte, commençaient l'attaque du fort. Les Français, abrités derrière des palissades, sous le commandement du capitaine qui, dans ce péril extrême, savait jouer une partie suprême, animés, enfin de ce courage qui a toujours caractérisé notre race à travers les siècles, repoussèrent victorieusement les assauts les plus furieux.

La lutte dura trois heures. Elle fut acharnée de part et d'autre. Après avoir subi des pertes nombreuses, découragés, les Arabes s'enfuirent.

La petite garnison, elle aussi, avait été fortement éprouvée, et leurs auxiliaires improvisés se trouvaient armés, et dix contre un. Mais, fidèles à la parole donnée, lorsque le dernier burnous eut disparu à l'horizon, le déporté qui avait conclu le pacte avec le capitaine fit signe à ses camarades, et tous, sans un mot, simplement, déposèrent leurs armes à l'endroit où on les avait pris quelques heures auparavant et dont ils s'étaient si efficacement servi.

Puis, l'opération terminée, l'homme qui s'était fait le porte-parole de ses compagnons, dit au capitaine :

— Mon officier, lorsque le danger nous menaçait tous, nous étions vos compagnons, mais, à présent que le péril a cessé, nous redevenons vos prisonniers.

Emu, le capitaine lui répondit :

— Puisque vous avez une si haute notion du devoir, vous devez comprendre le nôtre. Je ne puis malheureusement enfreindre la consigne que j'ai reçue. Mais pour l'acte généreux que vous venez d'accomplir, soyez persuadé que je ne l'oublierai pas et, à mon tour, je vous donne ma parole que j'informerai mes supérieurs de votre belle conduite. Ils connaîtront votre dévouement et sauront que, sans votre intervention, nous étions tous perdus.

L'officier tint parole. Fidèle à sa promesse, il obtint pour les forçats une réduction de peine et un adoucissement à leur sort.

XLIII

UNE GRANDE BATAILLE MODERNE

Le 24 juin 1866, jour anniversaire de Solférino, l'armée autrichienne, commandée par l'archiduc Albert, avait battu les Italiens à Castozza. Les Autrichiens n'avaient que 71.000 hommes, 3.500 cavaliers, 168 bouches à feu à opposer aux 130.000 combattants de Victor-Emmanuel.

Le plan, conçu par l'archiduc avec habileté, fut exécuté avec vigueur et la victoire fut complète. Les Italiens, malgré leur supériorité numérique, durent abandonner les positions pourtant très fortes qu'ils occupaient et se retirer en désordre en laissant plus de 7.000 hommes hors de combat.

C'était un désastre, et si grand que fût leur orgueil, ils ne pouvaient se flatter de prendre leur revanche au moins sur terre. Sur mer seulement, ils pouvaient espérer être plus heureux.

Depuis quelques années, en effet, le gouvernement installé à Florence, avait fait des dépenses considérables pour créer une marine qui répondit aux vues ambitieuses du nouveau royaume. Une flotte, sortie des premiers chantiers de France, d'Angleterre et d'Amérique, rallia à Ancône, dans les premiers jours de juillet 1866, le pavillon du vice-amiral Persano. Elle se composait de onze navires cuirassés et de vingt navires en bois dont neuf frégates.

Les deux principaux bâtiments de cette escadre étaient deux magnifiques frégates jumelles, le *Re d'Italia* et le *Re di Portogallo* — qui sortaient des chantiers américains et avaient une cuirasse de 14 centimètres d'épaisseur sur un matelas en bois de teck de 60 centimètres.

Leur avant était d'une seule pièce ; elles portaient chacune deux canons d'Armstrong de 300, dix obusiers de 80, vingt-quatre canons rayés de 30, lançant des projectiles d'acier de 45 kilos. Les corvettes de premier rang, cuirassées et à éperon — le *Formidable* et le *Terrible* —, construites en France, portaient outre leurs canons de 30, chacune quatre obusiers de 80, lançant des projectiles de 60 kilos. Enfin, le bélier l'*Affondatore* portait sur sa tourelle deux canons Armstrong lançant des projectiles de 150 kilos, et sur son étrave un énorme éperon en acier de 9 mètres.

Les navires autrichiens étaient loin d'avoir la même valeur ; quelques-uns même n'étaient que des pontons arrachés du fond des ports et à peine en état de tenir la mer. Leurs cuirasses n'avaient que douze centimètres d'épaisseur. Le *Don Juan*, faute de temps pour couvrir son avant d'une armature en fer, y avait suppléé par un blindage grossier composé de pièces de chêne disjointes et à peine adaptées aux formes. Les frégates cuirassées portaient de seize à trente-deux canons, presque tous lisses et très inférieurs en calibre à ceux de la flotte italienne. Le plus fort calibre était le canon lisse de 48 lançant des boulets de 30 kilos, quelques obusiers de 60 et quelques pièces rayées de 24. Le *Kaiser* était un vieux vaisseau en bois de 92 canons.

La flotte autrichienne était donc loin de pouvoir rivaliser avec celle de l'Italie. Mais à la guerre, comme dans le combat de la vie, l'élément principal du succès n'est pas dans la force matérielle ; il est dans l'âme des soldats, et, *beaucoup plus encore*, dans l'âme du chef.

Le vice-amiral Persano était un diplomate plus qu'un marin audacieux. C'était un homme du monde, très apprécié dans les salons de Turin et de Gênes, et qui devait sa notoriété au hasard des circonstances.

La déclaration de guerre avec l'Autriche était du 10 juin 1866. Or, au mois de juillet, Persano n'avait encore rien fait pour mettre à profit la supériorité de sa flotte sur celle de son adversaire. Malgré les exhortations de son ami Ricalosi, président du Conseil des ministres, malgré les ordres pressants de La Marmora, chef d'état-major de l'armée, il restait inactif sous un prétexte ou sous un autre, tantôt parce qu'il attendait des mécaniciens, tantôt parce qu'il n'avait pas de charbon, tantôt parce que le navire de son choix, l'*Affondatore*, n'avait pas encore rejoint.

En haut lieu cependant, l'irritation était très vive, et le 13 juillet, de son quartier général La Marmora lui intimait l'ordre formel de commencer au plus tôt les opératons.

La temporisation n'était plus possible. Le 16 juillet, Persano sortit d'Ancône avec onze cuirassés, quatre frégates à hélices, trois corvettes de bois, quatre avisos et cinq canonnières. Les cuiraissés, l'*Affondatore* et le *Garibaldi* le rejoignirent plus tard.

Tous les cuirassés étaient peints en gris ; les bâtiments en noir. L'ennemi se trouvait ainsi renseigné sur la nature et la qualité des navires qu'il aurait à combattre.

Le 18, Persano parut en vue de l'île de Lissa, sur la côte de Dalmatie, et le jour même, il canonna avec succès le fort de San Giorgio et les batteries qui défendent l'entrée de Porto Camisa. Dans cette première journée, la frégate amirale, le *Re d'Italia* lança treize cents boulets et s'approcha à moins de quatre cents mètres du fort.

Le lendemain, à trois heures et demie de l'après-midi, l'escadre italienne ouvrit de nouveau le feu sur les batteries de l'île, et l'amiral prépara tout pour effectuer le débarquement le lendemain.

L'amiral autrichien Tegethoff était un vrai marin, aussi énergique qu'intelligent. Il avait établi sa base d'opératons à Fasana, d'où il était en mesure de tomber sur l'escadre italienne.

A la nouvelle de l'attaque de Lissa, il télégraphia aux gardiens de l'île : « Tenez bon, j'arrive. » Il quitta aussitôt son mouillage, mit le cap sur Lissa et marcha aussi rapidement que pouvait le lui permettre la grande disproportion de vitesse existant entre ses navires, lesquels étaient sous des spécimens variés.

Bien que prévenu le 19 au soir des intentions de Tegethoff, Persano n'en voulut tenir aucun compte et persista dans son projet de débarquement pour le lendemain.

Dans la matinée du 20, il lança ses ordres et dispersa systématiquement ses forces. Il avait à peine commencé ses mouvements, lorsque surgit à l'horizon l'escadre autrichienne : sept frégates cuirassées et vingt navires en bois de toutes dimensions. Ils s'avançaient, sous l'impulsion du vent, de la mer et de la vapeur, sur l'escadre italienne, dispersée et surprise.

A la hâte, Persano hissa le signal de ralliement ; mais le vice-amiral Albini ne jugea pas à propos d'obéir, et il assista au combat en tranquille spectateur. D'un autre côté, la corvette cuirassée le *Terrible*, sans motif plausible, s'abstint de venir en ligne.

Plus loin, la *Varèse*, canonnière cuirassée de premier rang, n'arriva que très tard dans les eaux du combat ; enfin, la corvette cuirassée le *Formidable*, qui avait essuyé quelques avaries dans l'attaque de la veille, profitait d'insignifiantes blessures pour demander la permission de prendre le large, et, sans attendre la réponse de l'amiral, faisait route pour Ancône. Il ne restait donc à Persano que neuf navires cuirassés.

C'était encore une escadre imposante et bien supérieure aux forces qu'allait mettre en ligne l'amiral autrichien, dont les cuirassés étaient loin d'avoir la même importance que ceux de Persano.

Celui-ci, au début de l'action — dix heures du matin — fit arrêter le vaisseau-amiral, *Re d'Italia*, en descendit et transporta son drapeau de commandement sur l'*Affondatore*. De là, hors de la ligne de bataille, posté sur les flancs, il espérait mieux diriger le combat en se portant sur les points qui réclameraient son attention. Malheureusement, sur l'*Affontadore*, le pavillon amiral, entortillé autour du mât, était à peine visible. Il en résulta que le combat resta sans direction, les commandants ne sachant plus de quel vaisseau partaient les signaux de commandement.

Différentes manœuvres laissaient en outre ouverte, entre le *Re d'Italia* et les vaisseaux qui le précédaient, une brèche de 2.000 à 4.000 mètres. Quatre cuirassés autrichiens pénétrèrent dans cette brèche et entourèrent le *Re d'Italia*. Il eut d'abord son gouvernail endommagé par une bordée en flanc. Pour se dégager, il se lance en avant à toute vapeur ; mais le *Salamandre* lui ferme la route. Ne pouvant se servir de son gouvernail, il est obligé d'arrêter la machine; le cuirassé *Ferdinand-Max*, monté par l'amiral Tegethoff, lui donne le coup fatal, et il coule sans amener son drapeau, aux cris de : « Viva l'Italia ! Viva il Re ! »

Un peu après, le *Palestro*, attaqué par le *Drach* et par le *Don Juan* prenait feu. Aux instances de ses ennemis, le pressant de se réfugier sur un autre bâtiment, le capitaine Capellini répondit par un non résolu, et le *Palestro* s'engloutit. A travers le bruit de l'explosion, on entendait les cris de : « Viva il Re ! Viva l'Italia ! »

Un instant, on put croire que ces deux désastres allaient être vengés. L'un des vaisseaux de Tegethoff, le *Kaiser*, navire en bois, déjà affreusement maltraité par le *Re di Portogallo*, voyait se diriger vers lui l'éperon de l'*Affondatore*. Il courait le plus grand risque, lorsque, après un instant d'hésitation, contrairement à l'avis de son chef d'état-major et de son capitaine, Persano se refusa à tenter l'aventure : le *Kaiser* était sauvé.

A midi, l'escadre de Tegethoff avait définitivement traversé la ligne italienne, et, rangée sur trois colonnes, les cuirassés à gauche, elle occupait la position même que l'adversaire tenait le matin en avant de Lissa, qui se vit ainsi dégagée.

Persano cependant pouvait continuer la lutte, recommencer le combat, sur un champ de bataille où il conservait encore l'avantage numérique. Découragé par la perte du *Re d'Italia* et du *Palestro*, il se résigna à la retraite. Après être resté quelque temps à parader en vue de l'ennemi, qui, de son côté, ne manifestait aucune velléité de reprendre l'offensive, il mit le cap sur Ancône. Il avait perdu deux navires, huit cents hommes et, ce qui était plus grave encore l'honneur du pavillon. La flotte autrichienne n'avait eu que 186 hommes hors de combat.

L'Italie était battue partout, sur terre comme sur mer ; mais, selon sa coutume, elle avait joué à qui perd gagne. Quelques jours après sa double défaite, elle acquérait une magnifique province et Venise, la perle de l'Adriatique.

***

L'amiral Persano n'avait rempli aucun des devoirs qui lui incombait ; il fut mis en jugement. Comme il était sénateur, il fut traduit devant le Sénat. La commission chargée de l'enquête écarta la haute trahison et ne poursuivit que pour impéritie, négligence et désobéissance. Il n'avait pas su tirer parti des forces supérieures mises à sa disposition ; il n'avait pas préparé la bataille, quand il savait, à n'en pas douter, que l'ennemi allait se présenter d'heure en heure : il l'avait mal conduite, n'y engageant qu'une partie de ses forces ; il était rentré à Ancône, dès le feu éteint, sans tenter aucun effort ; il avait fait preuve de bien peu de courage en se cachant sur l'*Affondatore* et en empêchant que ce puissant cuirassé coulât le *Kaiser*.

Alors que son lieutenant avait déjà crié : « Ventre à terre ! » afin que l'équipage ne fût pas renversé par le choc, Persano avait ordonné tout à coup de tourner à droite.

— C'est à gauche qu'il faut aller si nous voulons aborder, lui avaient crié son chef d'état-major et son capitaine.

— C'est moi qui commande, avait répondu sèchement Persano.

Et l'*Affondatore*, tournant à droite, s'était éloigné.

Un dernier témoignage avait profondément remué l'auditoire.

Un des naufragés du *Re d'Italia* avait montré, à côté de Persano inerte, impassible, laissant couler le *Re d'Italia* sans le secourir. Tegethoff debout, la tête découverte, au milieu de ses officiers, sur la passerelle du commandement.

L'amiral fut condamné à la destitution.

XLIV

UN BRAVE SOLDAT

Jacques vient de passer le conseil de revision, la seule formalité à laquelle sont astreints aujourd'hui les jeunes conscrits.

Avec ses camarades, la boutonnière ornée d'une cocarde tricolore agrémentée de rubans des mêmes couleurs, il parcourt, bras dessus, bras dessous, les rues de son village au retour du bourg cantonal. Chacun, parents, amis, voisins, les félicitent ; ils vont, gais, insouciants, heureux, comme on l'est à vingt ans. Jacques suit l'exemple de ses compagnons, car cette journée, à l'aube du service militaire, est presque un jour de fête. Aucun, parmi tous ces jeunes gens robustes et alertes, ne redoute de payer sa dette à la patrie, de servir la France.

Mais le lendemain, adieu les chansons de la veille. Tous les conscrits se remettent au travail et chacun reprend sa tâche accoutumée en attendant sans effroi le jour du départ.

Il vient enfin avec les premiers jours d'octobre. Jacques est toujours aussi vaillant, bien décidé à faire bravement son service. Aussi, avant de quitter les siens pour rejoindre son régiment, leur fait-il, un peu ému pourtant, ses adieux au seuil de l'humble maisonnette où il est né, où il a grandi.

Le cœur un peu gros, car il va se séparer pour la première fois de sa famillle, Jacques essaie néanmoins de faire bonne contenance ; il tient fièrement sur son épaule, comme il le fera bientôt de son fusil, le bâton auquel est suspendu le paquet contenant le linge que lui a préparé sa mère.

Mais la pauvre femme, à l'idée de voir partir son grand fils au loin, ne peut retenir ses larmes ; tout en l'embrassant, les bras noués autour du cou, elle songe que l'absence est le plus cruel des maux. Le père, lui, dissimule ce qu'il ressent, et il dit à sa femme :

— Courage ! Cette séparation me cause autant de chagrin qu'à toi ; mais il faut nous résigner car c'est pour la France ! D'ailleurs,

Jacques nous reviendra bientôt : trois ans sont vite écoulés..., « Adieu, mon fils, ou plutôt, au revoir ! » ajouta-t-il en serrant une dernière fois la main du conscrit. « Souviens-toi, dès que tu seras au régiment, des recommandations que je t'ai faites : sois respectueux et obéissant envers tes chefs, sois bon pour tes camarades, et tout en faisant ton devoir, advienne que pourra ! Et pense souvent à nous. »

Le petit Pierre, le frère cadet de Jacques, un garçonnet d'une dizaine d'années, n'entend pas grand'chose à ce que dit son père, mais il comprend que son grand frère, son meilleur ami, va partir et les quitter pour longtemps ; aussi sanglote-t-il en le tenant par sa blouse.

Mais l'heure suprême de la séparation a sonné. Jacques embrasse une dernière fois les membres de sa famille et part d'un pas allègre rejoindre ses camarades, qui l'attendent...

*
* *

De longs mois se sont écoulés depuis le départ de Jacques, et les nouvelles que les vieux parents ont reçues du jeune soldat les plongent parfois dans de mortelles angoisses : le régiment où leur fils est incorporé vient de partir pour le Maroc, où l'on se bat tous les jours.

Là-bas, de l'autre côté de la Méditerranée, sur la terre africaine, Jacques accomplit des prouesses de valeur. De même qu'aux champs il se montra toujours ouvrier courageux, à l'ombre du drapeau français, il est devenu un brave et vaillant soldat.

Et pourtant la vie des camps est rude : bivouaquant le plus souvent sur le sable, toujours sur le qui-vive, exposés aux attaques incessantes d'un ennemi acharné, sous un soleil ardent, mal couchés, nourris tant bien que mal, malgré ces inconvénients, les soldats français conservent leur belle insouciance, leur bonne humeur et la gaieté de leurs vingt ans. Ils marchent de l'avant à la recherche d'adversaires souvent invisibles et insaisissables et font preuve de la plus admirable endurance.

Jacques accomplit bravement son devoir au Maroc et se montre un soldat modèle. Malheureusement, dans le désert, en pleine campagne, il lui était difficile de donner de ses nouvelles à ses parents aussi souvent qu'il l'eût désiré, de sorte que ceux-ci étaient parfois inquiets sur son sort, tremblant qu'un malheur ne lui fût arrivé.

En effet, un jour, le facteur leur apporte une lettre dont l'écriture n'était point celle de Jacques. Avec de grands ménagements, on leur apprenait la brillante conduite de leur fils, mais aussi sa blessure dont il souffrait. Dans un engagement, Jacques, n'écoutant que son courage, s'était élancé au secours de son capitaine surpris et attaqué ; il avait été assez heureux pour le délivrer de plusieurs Marocains qui se disposaient à lui faire un mauvais parti ; mais, dans la lutte courageuse qu'il avait dû subir, il avait été grièvement blessé. Les parents du valeureux soldat ne pensent plus qu'à sa blessure, à ses souffrances, aux dangers auxquels il est exposé.

*
* *

Mais, peu de temps après, voici qu'une lettre signée de Jacques vient leur apprendre le prochain retour de leur enfant. Les jours passent et enfin, le dernier, celui qui doit le ramener près d'eux se lève. Dès le matin, et durant de longues heures, ils guettent son arrivée au bout du sentier qui conduit à leur logis. Soudain, il apparaît plus grand, plus fort, mais aussi plus bronzé qu'à son départ : il court vers eux, les bras ouverts, tandis que de leur côté, ils s'élancent à sa rencontre, le cœur débordant d'une joyeuse émotion.

Dès le premier moment de cette rencontre indicible, les braves gens ne voient qu'une chose : c'est que leur fils est revenu... Mais son jeune frère, Pierre, qui a grandi, tourne autour de Jacques et tout à coup pousse des cris d'admiration : il a aperçu sur les manches de son grand frère un brillant galon d'or et sur sa poitrine la croix de la Légion d'honneur. A cette vue, le père rougit d'orgueil et la mère pleure de joie.

La nouvelle du retour de Jacques se répand peu à peu dans le village, et bientôt les parents, les amis, les voisins accourent dans l'humble maisonnette pour féliciter le jeune sergent de son retour et des exploits militaires qu'il a accomplis sur le sol africain.

XLV

UNE PATRIOTE

Juliette Dodu, née à Saint-Denis (île de la Réunion), en 1850, était receveuse du bureau télégraphique de Pithiviers (Loire), lorsqu'en 1870, les Allemands s'emparèrent de cette ville.

Le jour, elle démontait ses appareils, mais les mettait, la nuit, en communication avec le fil extérieur des Prussiens attaché au mur.

Elle put, par ce moyen, saisir d'importantes dépêches des ennemis, qu'elle fit ensuite parvenir au général d'Aurelle de Paladines. Elle contribua ainsi à sauver d'une perte presque certaine un corps d'armée qui allait être cerné par les Allemands.

Dénoncée, elle fut surveillée et surprise. Traduite devant un Conseil de guerre, Juliette Dodu fut condamnée à mort ; mais le prince Frédéric-Charles la gràcia.

Après la guerre, elle fut décorée de la médaille militaire, puis en 1878, on lui décerna la croix de la Légion d'honneur. En 1880, elle fut nommée déléguée générale pour l'inspection des salles d'asile.

Le baron Larrey, en mourant (1895), l'institua sa légataire universelle.

XLVI

L'AVIATION

Les audacieuses prouesses accomplies par nos aviateurs, en ces dernières années, sur des aéroplanes de plus en plus perfectionnés, ont fait la vogue de ce sport aérien dont rêvent les enfants et pour lequel la foule se passionne.

Il n'est peut-être pas inutile et sans intérêt de retracer brièvement l'histoire de l'aéronautique.

De tous temps la conquête de l'air a tenté l'esprit des hommes aventureux. La terre jusqu'aux confins les plus reculés fut visitée ; la mer jusqu'en ses profondeurs fut explorée, mais l'espace illimité demeura longtemps un domaine inviolé, inaccessible à l'homme.

Quels furent les premiers hommes volants ?

La légende cite Icare, qui avait imaginé de confectionner des ailes avec des plumes d'oiseau collées à la cire, mais le soleil fit fondre cette dernière, de sorte qu'Icare, précipité sur le sol, ne put réaliser son projet.

D'Icare, il faut arriver à Cyrano de Bergearc pour trouver une nouvelle tentative d'aviation.

L'écrivain fantaisiste avait rêvé de s'élever jusque dans la lune en se couvrant le corps de petits verres semblables à ceux dont on se sert pour les illuminations. Cet illuminé croyant que la rosée montait de la terre vers le ciel, pensait que tous ces petits verres un matin qu'il serait étendu sur l'herbe verte de la prairie, se rempliraient de rosée plus légère que l'air, et, en s'élevant, l'élèverait vers les astres.

Cette théorie est tout à fait chimérique.

Le premier homme qui tenta réellement de voler comme l'oiseau fut le marquis de Bacqueville, mais il paya cher son audace.

« On peut construire, avait pensé l'ingénieux marquis, des appareils volants de manière à ce qu'un homme puisse faire mouvoir des ailes artificielles qui battent l'air comme le font les oiseaux ».

En 1742, il s'avisa de réaliser son rêve et, un beau matin, Bacqueville annonça aux sujets du roi Louis XV, « qu'il volerait comme l'oiseau, avec des ailes semblables à celles qu'ont les anges ».

Mue par la curiosité, la foule s'assembla devant son hôtel, situé au coin de la rue des Saints-Pères et du quai des Théatins. Il s'élança du haut de son toit, les ailes déployées, et alla tomber dans la Seine, sur un bateau de blanchisseurs ; il eut les jambes brisées et n'essaya plus de renouveler sa tentative malheureuse.

Pilâtre de Rozier et le marquis d'Arlande furent les premiers hommes qui, quelques années après l'expérience de Bacqueville, osèrent s'aventurer dans une nacelle suspendue à une montgolfière.

Mais les inventeurs qui firent faire un immense progrès à la science aéronautique en inventant les ballons ou aérostats que de leur nom on appela alors des *montgolfières* furent les frères Montgolfier, nés tous deux à Vidalon-lès-Annonay, Joseph en 1740 et Etienne en 1745. Leur père était fabricant de papier ; ils firent leurs études aux collèges de Tournon et de Sainte-Barbe, puis prirent la direction de la fabrique paternelle.

***

Le jeudi 5 juin 1783, l'assemblée des Etats du Vivarais était réunie à Annonay, autour d'un vaste sac de toile recouvert de papier, enveloppé d'un réseau de ficelle, le tout reposant sur un châssis attaché aux quatre coins par des cordes qui aboutissaient au réseau.

Sac, réseau et châssis pesaient près de trois cents kilos. Cette machine était destinée à aller, au nom de la science, prendre possession de la région des météores.

A la vue de cet appareil, la foule crut un instant que ceux qui le préparaient étaient fous.

Cependant, au moyen d'un feu de paille mouillée allumé sous le châssis, et de quelques ingrédients jetés dans la flamme, le sac se gonfla et s'arrondit en sphère. Lorsqu'il fut complètement gonflé, on coupa la corde qui retenait le ballon et, en moins de dix minutes, il s'éleva à plus de trois cents mètres au-dessus de la tête des spectateurs ébahis.

Ce succès fut accueilli avec enthousiasme ; on porta en triomphe les deux industriels que l'on traitait d'insensés un instant auparavant et le monde savant, l'Europe entière apprirent le nom des frères Montgolfier.

Après cette mémorable expérience, les membres des Etats du Vivarais dressèrent un procès-verbal qui fut transmis à l'Académie des Sciences de Paris.

Peu après les frères Montgolfier furent appelés à Versailles, où ils lancèrent un second ballon devant toute la Cour.

Cette découverte extraordinaire produisit une sensation universelle, à tel point que les guerres d'Amérique passèrent de mode et que l'on ne s'occupa plus que de la navigation aérienne.

Des médailles furent frappées en l'honneur des deux frères. Etienne, présenté à la Cour, fut décoré de l'ordre de Saint-Michel et, cette faveur ne pouvant se partager, Joseph obtint une pension de mille francs ; l'on accorda, en outre, des lettres de noblesse à leur vieux père. De son côté, Louis XVI remit une somme de quarante mille francs aux frères Montgolfier pour les aider à poursuivre leurs expériences et à perfectionner leurs appareils. Mais bientôt la Révolution fit passer la vogue des ballons.

Cependant, on se souvint, durant les guerres de la République, de l'invention des industriels d'Annonay ; à la bataille de Fleurus, on fit une heureuse application des aérostats pour observer les mouvements de l'ennemi, et, à l'expédition d'Egypte, il y eut une compagnie d'aérostiers.

Etienne Montgolfier, qui s'était retiré, pendant la Terreur, dans sa papeterie, y mourut en 1799 ; Joseph, qui lui survécut, fut nommé administrateur du Conservatoire des Arts et Métiers, entra à l'Institut en 1807 et termina sa vie en 1810.

Les moyens de voyager dans l'espace étaient trouvés, mais les ballons restaient sans direction, à la merci du vent. Pendant de longues années, d'ingénieux chercheurs s'appliquèrent à résoudre ce problème.

Ces savants préconisaient le « plus lourd que l'air », c'est-à-dire l'opposé du ballon, ce qui devait être l'aéroplane.

Le moteur fut enfin trouvé, et qui plus est par un Français, comme pour tant d'autres merveilleuses découvertes. Et depuis l'on a pu assister aux expériences successives et répétées de Clément Ader, de Santos-Dumont, de Farman, des frères Wright, de Latham, de Blériot, qui le premier traversa la Manche, de Leblanc, de Beaumont, de Védrines, de Garros, de Frey, de Pelletier d'Oisy et de tant d'autres.

En 1911, après la course de Védrines, arrivant à Madrid, non sans avoir lutté contre les ouragans, c'est Beaumont qui triomphe, allant de Paris à Rome, suivi de près par Garros, Frey et Vidart, parvenant eux aussi jusqu'à la Ville Eternelle. Audemars se rendit par la voie des airs de Paris à Berlin. Depuis, Brindejonc des Moulinais s'est rendu en monoplan à Saint-Pétersbourg et est rentré à Paris par Stockholm et Copenhague. Pelletier d'Oisy a accompli en 1924 l'audacieux raid de Paris à Tokio.

Malheureusement, en dépit de ces prouesses héroïques accomplies de sang-froid afin de faire triompher la science française, le danger est toujours imminent et le livre noir des victimes de l'aviation compte, hélas ! de nombreux noms, noms glorieux de ceux qui tentèrent en vain la victoire.

Pour donner la sécurité aux énergiques et courageux champions de l'air, vainqueurs de l'espace infini, il faudrait assurer la stabilité des appareils. C'est sans doute le secret que l'avenir nous livrera un jour ou l'autre, car l'aviation est née d'hier ; elle commence, et nous pouvons lui appliquer le mot de Franklin, disant en voyant se balancer dans l'air un ballon portant de modernes Icares : « C'est un enfant, l'avenir est à lui ! »

FIN

TABLE DES MATIÈRES

Imp. MORICE Frères, 7, Cité Adrienne, PARIS (XXe).

www.ingramcontent.com/pod-product-compliance
Ingram Content Group UK Ltd.
Pitfield, Milton Keynes, MK11 3LW, UK
UKHW021110260726
13994UKWH00002B/824

9 782329 033341